土裡的私釀

微醺告解室

侯力元——著

名家推薦

作者圍繞著世界各地的酒食文化談天說地。由酒的淵源帶出文學、電視、電影甚至次文化，由台灣、香港及於世界各地。博觀而約取，厚積而薄發。敘溫羅汀、寫大稻埕。由林文月、臺靜農直寫到林海音、蔣渭水，甚且讓調酒跟推理小說搭上線，引領珍貴的4D閱讀經驗。裏頭不乏小酒館的夜間風情；調酒在地化的思考；消夜時光的社會觀察並及人文、地理的前世今生，整本書洋溢著被酒精催化後的微醺與豁達。

——廖玉蕙

隨意翻開酒單，曼哈頓、自由古巴、白色俄羅斯……，一個個洋溢異國情調的名字躍上吧台，喝調酒彷彿是穿越到另一個國度，他們像迷幻泡泡將我們抽離現實、遠走高飛。甚至，許多人把調酒文化視為舶來品。但Dior透過《土地的私釀》直指調酒的靈魂早就在我們的基因裡，只是我們一直沒有直視他、正視他、接納他。作為酒神的信徒，Dior在茶園、梅子園、鳳梨園與各式各樣的農作物間，重新發現屬於台灣的味道，以文字與敏銳的味覺調和出療癒人心的佳釀。

——黃麗如

目次

輯三 酒造

自序

距離上一本書，這次熬得久了。

任何一位在台灣接觸調酒的人，最先認識的應該都是來自西方的酒材食材。我也不例外。日子一長，不滿足感就像一顆不知何時落種的小芽，從土裡竄出來，想探一探同溫層外的世界，囂張而毫無節制地到處蔓生枝枒。聽說當季的水果來了，一箱一箱地買；哪裡有酒廠推出新款烈酒，一瓶一瓶地進。試過才知道失敗原來是會有快感的，一次次失敗經驗累積起來的筆記本，看著就心裡踏實舒爽，啊，我也這樣走過來了，就像這個飲調世界那有名無名的數以千計的前輩們一樣，一個好的調酒師，手邊肯定都有那樣一本塗塗改改的冊子。

撿了放假的日子，我就走出吧台，走入台灣各地，特別是那些農業發達的鄉鎮，尋找可以入酒的食材。邊玩邊喝，邊喝邊寫，有很多早已經是當地居民吃了至少祖孫五六代人的水果，我卻是第一次見，活生生一個城市佬。鄉巴佬頂多就是搞不懂那些咻來咻去的高科技都會，城市佬卻連吃飽都有困難。說是文學離不開土壤，在我看來，大概沒有一件事情可以離得了土壤了。

一杯傳統經典的「曼哈頓」，如果都照著城市人的性格來調，那大概幾世紀都只會是那杯曼哈頓的「曼哈頓」；一旦加入了自製風味獨特的苦精，與土壤串起了關係，即使是這麼純粹的「曼哈頓」，都會發展出無限的可能。

本著這樣的信念，邊寫邊看，書才寫到〈青梅〉那篇，台灣的調酒界就出了大事。政府原本就有規定，任何販賣飲品冰品的店家，不能用酒infuse出浸漬水果的風味、不能對瓶裝酒添加風味，更不能將酒再製。由於台灣本身的釀酒業還未成氣候，代理商燒再多錢去進口那些特殊風格的酒材食材，終究還是會面臨無以為繼的窘境，因此調酒界為了突破既定的框架格局，在吧台上運用各種變化酒水的技巧，早已行之有年，但不知怎地，這兩年抓得特別嚴勤，各酒吧甚至冰淇淋店都被勒令改善。世道不古，人們對酒精避之唯恐不及，調酒界還是得當個守法守序的乖寶寶，估計也還找不到願意協助修改法規的民意代表，惜哉我那缸戀家的梅酒就成了違法私釀，只堪自斟自飲，永遠無法上吧台跟酒客們見面了。

是的，說了那麼多年，就是那四個字：「世道不古。」

酒之所以成為禁忌似乎是戰後的事情，清教徒似地恐性又懼酒的台灣社會，特別展現在公眾媒體與日常人際交往中。曾幾何時，課本裡那不為五斗米折腰的清亮高節；那天上謫下的熠熠詩魂；還有那打老虎的、斬華雄的、迷倒唐玄宗的，在孩子面前提到這些歷史人物的時候，似乎都不太能提到酒了。這畢竟是掩耳盜鈴，徒然助長孩子對酒的好奇心，又扼斷了酒文化的傳承。酒精被貼上各種負面標籤，泱泱千年的酒國文化，從此葬送在中華民國的溫良恭儉，卻忘了身高兩百公分的孔夫子本人可是海量的山東漢子啊！

但無論如何，我的調酒教學會持續下去，堅守精緻品飲文化的信念。希望有朝一日，可以像日本人一樣，把那一段段關於酒、關於農業、關於文學，甚至關乎全人類的歷史，用戲劇或動漫的方式保存下來，不管成年與否，都有權利認識自己身邊的世界。

輯一

文學與酒

尹公館的酒保

尹雪艷總也不老。

如果有一天我出書了，我一定要把這句話打在某篇的第一行。這句話充滿著老的蒼涼與死的無跡，再也不能有哪一句話比這更老了。

我一直是張派的擁戴者。或許你們讀了我這些文章，並不覺得我有用張腔說話，但我所謂的張派只是關於我閱讀的品味；書寫，倒不盡然會隨著品味而走。而一個愛張派的人，多少都會對那個時代的上海與香港產生各種遐思，各種關於不老的，還有上海三十年前那枚好大好圓的月亮，以及上海乃至於江浙一帶渡海而來的餘韻，藏在台灣的生活中，人不自知，原來那就是江浙，就是上海。

後來才愛白先勇的筆調。那種虐心卻又多了好多不知道從哪個滿天星星夜空中灑落的悲憫，或是繞地遊園嫣紅開遍的愁懷。尹雪艷總也不老，這句話就揪住了心窩。一邊讀著白先勇筆下老去的人，他們擁有著青春鮮活的上海記憶，卻又那麼地老；一邊點開了遠赴上海的學生翻牆而貼來的一張張臉書照片，上海從未老過，老的只是人。被網民戲稱為魔都的上海始終冷著這樣蒼涼的一張面孔，無情恣囂的霓虹順著黃浦江淘淘浪水，送迎那些叱吒風雲的曾經。

沒去過百樂門，但看過《上海灘》，除了劇中人許文強與丁力的故事蕩氣迴腸，在故事外隱約藏著杜月笙與那些伶人孟小冬、梅蘭芳的影子，他們都曾沾染過黃浦江的水。一九三〇年代還有一位艾爾卡彭遠在美國跋扈，簡直與杜月笙交互輝映，原來上海與這個世界走得那麼近，南京東路新世界，是中國眺望世界的窗口。周星馳的《功夫》成功地將那個繁華上海與落後九龍寨城結合在一起，以前上海就是未來的香港，多麼充滿寓意的荒涼喜劇。原來，我們既懷念那些逝去的榮景，同時也愛著過往的破敗，細數著華美袍子上的繡線神乎其技，還有那蝨子的癡憨可愛。好萊塢和迪士尼，甚至整個娛樂世界上都吹起了一波懷舊風潮，老調重彈，卻彈得人淚眼迷茫。張愛玲或白先勇，或是普魯斯特，都只是早我們一步，未過半百就開始《追憶逝水年華》。

因為接觸張愛玲的時代是高中，所以白流蘇的上海或香港總是與我的高雄重疊，看著西子灣的浪淘聽見淺水灣的海風；上大學開始看白先勇，尹雪艷或錢夫人的一桌迎賓客飯，則讓我念著那一頓一頓為了節省餐費的學校伙食。我的口味從以前就很單薄，又忌辣，慢慢就對入口的食物感到疲乏。可是眼珠子吃進了紙本裡繽紛的菜色，但覺心神嚮往。將門之後的白先勇說他「好吃」，筆下寫了許多食物，猶如《紅樓夢》讓人眼花撩亂，報上了幾道菜名，有的聽來親切甚至昨夜才吃過，或也有些從未嚐過但至少見過的。譬如尹雪艷的午點是寧波年糕、湖州粽子；晚飯是金銀腿、貴妃雞、醉蝦、嗆蟹。只消走一趟南門市場，整出尹公館這桌酒席，雖非易如反掌，倒也算不得什麼登天難事。陌生的城市，奇妙地留下了許多殘影在台灣，地道的江浙口味本幫菜色，都是出自白先勇的飲膳經驗，台北人卻也能輕易備辦得出來。在蔣中正的省籍情結之外，滬灘做為一九四九的比哈希錄，吞吐著日益激增的難民往台灣，也推波助瀾的將上海味道推到台灣來。

那盆年長後才有機會吃到的上海嗆蟹，如是也。

一直安分地坐在讀者的席位上，不敢僭越，受到師友們的鼓勵與推坑，才敢開始提筆寫作，緩慢地投稿。首次感受到站起身來，離開了那張椅背上貼了一張寫著「讀者」標籤的椅子，在幻想出來的鎂光燈與注目中，膽顫心驚地靠近那個對我來說高不可攀的講堂，而貌似終於搆著講堂台階的時刻，正是出席了二魚文化尾牙宴的那個不冷的冬夜。

我向來有一種邊緣性格，並非身經百戰桂冠加冕的本格調酒師，只是一個傳遞調酒知識、推廣品飲文化的調酒老師，本格調酒師不必看我一眼，業界裡我也沒有什麼立足之地。轉個方向走進文學花園，我則成了誤闖的白兔，只有一本著作，尚不能在園子裡構成任何威脅，勉為其難地搶占住灘頭，以一本純粹的散文來聊純粹的調酒，不賣弄知識，只兜售情感，自認算是飲食書寫中難能可貴的特例。可真要說書寫酒類相關且不是應用工具型的叢書，調酒教父王靈安的《一杯都不留》才是難以跨越的障礙，要酒有酒、要淚有淚，而且早我許多年面世，絕對是後輩的唯一教材。

所以我特別珍惜出版社的邀約，自知銷量尚不足以攤提開銷，又拎了幾支酒赴宴，聊表心意。二魚文化的創辦人焦桐老師，則是回勸我一盆嗆蟹，要我努力筆耕，努力喝酒。那可是尹雪艷家，尹公館的晚餐菜色之一啊，我只吃過母親半蒸半浸了一夜的醉雞，帶有冰涼酒香的飲食經驗，已經是很特殊的了，而嗆蟹獨特的口感更是讓不吃生魚片的我歎異不已。

我是不能隨便喜歡上嗆蟹的人。

必須說，紹興黃酒的香氣很是迷人，母親炒的土雞柳或燒的吳郭魚，慣用紅標米酒整治，呈現出來的就是素淨典雅，甚至能引導食材，接上本土風味的地氣，純樸中帶有一點剛猛的野性；有時候母親若是興致來了，收鍋的時候改嗆上一大匙紹興黃酒，那菜就成了醬香濃郁的江浙風味，甘甜順喉，威而不猛。醉雞是我滿喜歡的喜宴菜，第一道冷盤如果有醉雞，我通常會想多挾兩片；同樣是紹興酒泡出來的，螃蟹生涼的管肉，吸飽了紹興酒汁，大概多咬兩口就要醉了，不勝酒力的我，實在不能貪吃嗆蟹。

紹興酒在台灣大昌其道，也是江浙的遺緒。一般來說，戰後台灣主要風行的就是隨著上海人、浙江人帶來的黃酒，和戰地金門的高粱白酒。高粱是北人的作物，白酒也是北人的燒酒系統，北方人喝慣了這種烈性酒，連帶著讓金門高粱跟著走紅起來；而黃酒，不折不扣的釀造酒，用南方的糯米與麴菌釀成，江南一帶最為流行的紹興、花雕，同時隨著高粱一起進入台灣，在飲宴席間算是個親切可人、男女咸宜的酒類。

大正六年創立的埔里製酒株式會社，按著日本人釀造清酒的習慣，很早就投入好水釀好酒的計畫。戰後被國民政府接收後，於民國四十一年奉「上級」的指導命令，成功利用埔里的愛蘭泉水，釀出了台灣第一支紹興酒。這個「上級」不難猜到是誰，風行草偃，一時間從高級飯店、海鮮酒樓、飯食小肆，甚至路口麵攤，都可以買得到紹興酒佐餐。也是因為這個緣故，時至今日，走進一家稍有年代的餐館，縱然也貼出最新的海報促銷威雀、百齡譚、海尼根、月桂冠等東西洋酒，但櫃台後方的酒櫃裡，一定會有一排咖啡色方瓶子的紹興、陳紹、花雕，講究一點的，還可以買到特地用酒罈子裝瓶的女兒紅、狀元紅。

紹興其實也可以調，我利用它那醇厚的米香，依循著日系吟釀調酒或韓風真露調酒的模式，調過一種前味帶有桂花與茉莉等混合花朵芬芳，而後味米香濃醇的調酒。喝過的人，其實都覺得也有吃醉雞、嗆蟹，那種嘴裡嚐到鼻中嗅到了江南風景的氛圍。甚至有人誇張地說她聽見崑曲的聲音，那癡夢的十六、七八的少女。百酒百味，隨水土而走，釀造酒的迷人之處，莫過於此。

做為一個尹公館的酒保，我想我應該是勉強及格的，年歲與經驗的增長，江浙菜系的風味已經逐漸累積在味蕾上，我大概能掌握到什麼菜配上哪種酒，可以搭得出賓主盡歡的口味，不一定要用紹興，也能調得出下飯配菜的酒。

我如果能在尹公館多待上一些時日，前後腳跟著尹雪艷，調酒給她與她的牌搭子們喝，那我就會從她們的口音裡聽見彈琴的「琴」，正是琴酒的「GIN」，拜租界之賜，上海人好早好早就接觸到琴酒，早到可以持有它的中譯名稱。那我就會給尹雪艷上一課，用田子坊跟弄堂的景致，為她說一段關於「琴酒巷」的故事：故事是這樣的，英國當時為了抗衡法國的葡萄酒和白蘭地，加高了關稅，鼓勵飲用國產酒，酒商掌握了琴酒的配方，可以快速且大量的生產琴酒，一時間，琴酒的流行造成倫敦居民耽溺於琴酒的香氛中，連懷中小孩墜地跌倒都不屑一顧的母親，坐在巷口台階上繼續仰盡一瓶琴酒……

「阿拉田子坊不這麼喝的。」

我想著尹雪艷會托腮，嬌中帶嗔地這樣回我。

田子坊如今喝的是文藝青年掛，那些酒要有海明威、卡夫卡、畢卡索來背書。我那愛酗酒的學生上傳一張在田子坊拍的照片，色調繽紛的弄堂中，掛了一家酒吧的招牌，牌子上寫著「夢奇多」。夢想何其多！原來洋涇浜可以運用到這種程度，音譯又意譯，海明威深愛的Mojito，原來還藏有他的美國夢。這樣的洋涇浜也可算是火星文的先驅表率了。

我也可以用鐵湯匙煎成的蛋餃——那是每個上海老媽子最喜歡用來哄騙孩子，乖巧聽話就換一枚蛋餃的政策——用蛋餃跟尹雪艷說一段台灣火鍋的小歷史，從石頭火鍋的興起，到麻辣鍋的戰國時代，上海蛋餃與福州燕餃從未缺席，南方口味一直震盪著台灣的味覺。

最後，我會告訴尹雪艷，她不老，上海也不老，同樣的，台北也將不老。這些煙塵往事是一段被封存在罈中，埋在地下卻被人遺忘的女兒紅，只要不破土也不開罈，那麼，女兒紅永遠是十六年前那未發酵前的嬌艷與嗆辣。或者，沒人可以知道她究竟熟成了沒。

但只曉得，女兒紅總也不老。

酒徒已遠

於我不長的年歲裡，「酒」的出現有點突兀，開始對它有一些想像，猜測它的味道，質疑它是否真的有什麼優點與壞處，不是因為在親戚的喜酒春酒上看到癲狂的醉漢；亦非母親釀的梅酒藥酒補充了父親的元氣，而是香港電影裡的X.O.與紅酒，頻繁的被劇中人物提點，酒瓶酒杯也時不時出現在畫面中，不禁讓我質疑，那個還要七、八年後才能喝的飲料，到底壞在何處，必須等我成年才能喝？《一世好命》的高僧，他一口飲盡毒酒嚷出那最後一句：「竹葉青加冰，正點！」顯然又幫「酒」說了些好話，酒若是壞的，這麼多人追著它打轉，不單高僧愛之，連詩人都說「唯有飲者留其名」，那肯定也是個壞不到哪裡去的東西吧！

香港電影中動輒使用X.O.做為中產階級甚至名流社會的代表飲品，我對「酒」這個東西便開始有了一點淺薄的認知。我曾以為那是一種可以象徵階級的飲料，什麼身分的人，就會喝什麼酒。但後來知道，所謂的X.O.只能算是白蘭地的陳年標準，十年不長不短，經常被不肖業者拿來混水摸魚，逐漸成為一種失去公信力的頭銜。畢竟白蘭地的等級還是要看用哪一區的葡萄，品質不好的葡萄就算儲了幾十年的陳桶，終是不能逆天成為佳釀的。目前較常見且品質較好的，當屬干邑白蘭地。做為高檔次的代名詞，香港廚師黃永幟發明的X.O.醬，就是取其X.O.的高貴意涵，實際上並未在醬中加入真正的X.O.。但也有一說，是富商深夜夥同朋友至飯館飲酒，飯館當夜所餘之物無幾，大多是陳年名貴的乾貨，某廚便隨手炒製了這種鹹辣的乾貨醬料，用以助眾人一杯X.O.之酒興，是夜的下酒小點，被富商宣傳開來，從此X.O.醬聲名大噪。只是黃永幟既跟X.O.醬有關聯，又和楊枝甘露牽扯上關係，我不禁合理懷疑這當中有沒有默認或炒作的可能性。但實際對比一九八〇年香港各行各業的蓬勃發展，又一個超越百樂門的不夜城時代臨到了旺角，那麼這兩則X.O.醬的故事，可信度應該不算太低。猶記得台灣早年也有這類「富商夜訪欣葉台菜」之類的佳話流傳過，更早以前的知名酒家菜「魷魚螺肉蒜」，也是在巧婦無米的情況下，廚家靈光一閃，用乾貨魷魚和罐頭螺肉，變出一桌熱騰騰的醒酒暖湯。那麼，黃永幟就算不是唯一的發明者，畢竟也在這奢靡國度浸潤過，一片炒製X.O.醬下酒的風潮中，他應該曾替某位名流掌過杓。

年紀尚小，還沒敢喝酒，又不敢吃辣，X.O.醬和X.O.酒都與我無緣。成長的歲月裡，香港的英文名字「Hongkong」，總是跟「Tokyo」、「Newyork」、「London」、「Paris」寫在一起。都是時裝週的重要城市、電影重鎮，掌握潮流的最尖端。香港就是繁華進步的象徵，一度超越了她學習的上海，九七以前，沒有任何意外，香港就是華人最頂尖的城市。

彷彿隨處都買得到一定水準的X.O.或紅酒，甚至這些洋酒一而再地出現在電影中，人手一杯，上從老倌大少，下至蝦碌的打工仔、闖江湖的古惑仔，都有喝X.O.或紅酒的經驗；張衛健主演的《倫文敘老點柳先開》給「五月黃梅天」做了個「三星白蘭地」的千古名對，若不是白蘭地已經深入香港人的生活中，這種對子肯定是構不成笑點的。

電影《大內密探零零發》，周星馳用筷子夾住醫生的舌頭，藉此說明紅酒的品嚐方式，以及酸甜與苦澀在味蕾上的分布情況。深入淺出地把品酒方式介紹了一遍，但我也不知道那能有幾分真、幾分假，就這麼糊里糊塗把「喝紅酒要把舌頭捲起來」的迷信給深深印在腦海裡。相信許多觀眾也是如此。還有《食神》在頂樓晚宴摔破的那支一九八二年思美酒莊的拉菲紅酒，雖然片中不曾提到價位，但看史提芬周當時的成功人士形象，還有那些侍者大驚小怪的樣子，不難想像，八二年，來頭肯定不小。於是乎紅酒的高貴形象就此樹立在我腦海，當長輩吃罷酒席，拿著玉泉特級玫瑰紅要乾杯的時候，我總是帶點蔑視的眼神，笑而不語。儘管我根本連法定飲酒年齡都還沒到，但我已經朦朧地有個概念，那就是洋酒有他們品飲的標準與規矩，關於歷史與文化的積累，堪為兩學分的大學學年課。絕不是什麼紅酒配紅肉的謠言，更遑論用白燒酒或黃米酒乾杯下飯的這種牛飲方式來喝紅酒，就算只是一支兩百的特級玫瑰紅，也是非常糟踐酒水的行為。

去雜貨店買俗稱「嗨頭仔」的米酒頭，圖的只是酒價便宜酒質濃醇，貪歡一醉。我也不能說這樣是錯的，因為米酒頭並不限定開放給煮燒酒雞的廚子買，料理米酒也買來喝，絕對是台灣的飲酒文化。我見過不只一次，打赤腳的遊民身邊腳邊都是打印著米酒商標的深色玻璃瓶；對他們來說，酒是避世的靈藥，那是必需品，少了酒，他們或許就不再是自己了。我不怕他們拿這些錢去喝酒，有時候放一些銅板在他們的紙碗裡，可以讓他們活得更有生機。

於是又回到源頭，喝酒的動機是什麼？喝酒到底是追求酒香芳冽，還是務必要醉？我想這在不同生命歷程中，各自會有不同的解答，至少到目前為止，我喝酒、我調酒、我還教別人喝酒調酒，都是為了能夠理解一支酒的來源始末，最好能回歸到酒液尚未發酵、米麥與果實尚未被採集，還留在土田裡的原貌。一邊喝酒，同時窮究文史長河，構思新的酒譜，是我有可能主動喝酒的動機。我是一個易醉但又很懂得矜持的酒徒，所以我也很少真正喝醉，才會橫生出這麼多奇奇怪怪的思索吧。

香港激起了我對酒的想像，但與香港的緣分總是隔著螢幕，〇九年好友去了一趟香港，他帶回原版老電影DVD和一些書，有機會重新回味這些伴我成長的影音文字，我才體驗到，原來香港真的像沈殿霞主演的《富貴逼人系列》一樣，到處都是活力充沛的人，配上了一點殖民地的急躁性格，急著想把事情做好，急著發財，但更急著想讓香港變好。很早就接觸到西來的文化，隨口一兩句夾雜英文的口語，無論粵語或普通話，天外飛來的英語總是自然而然融入對話中，毫不突兀矯作。你的「飛」買了沒？今天看不看「波」？吃個「三文魚」吧？

但是外來語或外來文化沒把香港擊倒，也不是通盤把香港同化。一邊使用便捷的西方文化，但香港自己也有根深柢固的氣質與美學，像是早茶、小點、武館、粵劇這些老式作派的生活方式，透過電影的輸出，我看見了黃飛鴻、葉問、李小龍，在國際舞台踢打出一片星光熠熠；看見周星馳的《唐伯虎點秋香》和《審死官》，不斷化用粵劇養分，卻又不脫現代人的視野，製造出各種現代人才懂的笑料；還有金庸、倪匡、黃霑、蔡瀾這四大才子，笑傲香江藝文圈，足足橫跨半世紀之久，各自培養出不同的讀者粉絲，也締造了不同的次文化圈。《倚天屠龍記》又要翻拍，這次是多年前演周芷若的周海媚，媳婦熬成婆，扮起了影史最美的滅絕師太。金庸杳然離世，瀟脫得一如他筆下的大俠，也順勢帶走了一代武俠的集體記憶；金庸好，好在他把武俠寫得酣暢淋漓，又把人性詮釋得絲絲入扣，但壞卻也壞在此，金庸以後，誰還見得銀庸銅庸，武學淵脈從此斷絕，越女劍法成了廣陵絕散。香港的奶水就這樣餔育著鄰近國家包括台灣，除了我注意到的洋酒，但凡談到「功夫」二字，人家想到的是香港推起來的武俠風潮，帶點不可思議的飛天遁地和聲光畫電，還有港漫咻咻呼呼「未夠班」的台詞。武當少林正宗門派的一掌一拳、木樁馬步，反而顯得有些枯乏無聊。

除了武俠之外，我還從好友手中看到劉以鬯的《酒徒》，他專程去銅鑼灣的書店買的，單憑酒之一字，便央求他看完借我。那是劉以鬯寫的意識流作品，他寫了一個從小說第一頁就喝拔蘭地，喝到最後一頁還在喝拔蘭地的落魄武俠小說家。落魄的不是他的武俠寫輸金庸，而是他感到自己居然落魄到去寫武俠小說。一方面有許多民初文學的思辨，另一方面又像在質疑純文學的領導地位，這酒徒想得很深很遠，跟我小時候很像。

雖然劉以鬯語帶戲謔地嘲諷逢迎大眾口味，一本四毫的武俠或言情小說，算不得留名青史真具備藝術價值的作品，但金庸是這樣寫起家的；最有諾貝爾聲望的西西也曾揭旗要寫好四毫子文學，無論她的四毫成功沒，她倒是很成功地保住了自己的文學信念，道盡許多港台的女性心聲，寫就一本本果真能在文學史的軌跡上留下腳印的巨著，甚至獲得星雲文學獎貢獻獎一百萬之肯定。

我想，劉以鬯肯定是喝過頭了，才會這麼糊塗；或是說，讓他筆下的人物這麼頭腦不清，居然罔顧讀者才是那個對作品有最終評鑑審查權的人，奢想憑靠一己之力去寫那些出版了跟藏在床頭底下沒兩樣的純文學，無異自找死路。

我調了一杯酒，如果我的客人或學生不買單，無法領略我那杯酒裡的深意，那我調的酒，算是成功的嗎？我在白蘭地的傳統酒譜中，找到好幾種用現代人的角度來看，怎麼喝都很難順口的酒譜，平均每十個人喝，大概只有一兩個人勉強接受或是喜歡那種味道。可是這些酒譜都還是流傳下來了，我認為，那肯定也是有其價值，也有隱藏市場的吧。

劉以鬯是痛苦的，但是他並不是想要控訴這種痛苦而已，他還想去體會一下真正的四毫小說家，究竟是否比純文學家更快樂。在一杯杯拔蘭地之後，他應該得出了一些結論。他沒說，酒徒也沒講，但我們都知道，劉以鬯是戴著銅紫星荊章、藝術貢獻、終身成就等桂冠離開人間的，頭銜獎項都不能代表什麼，但是卻可以證明他的路線，即使是九七後，香港文化輸出地位幾乎殞落的當頭，他一步沒有踏差走錯，就算不是領頭羊，也絕對是不容忽視的耆老。

《酒徒》和那些射鵰射鹿的俠士一樣，留下了一個不斷被歌頌的名字。

敬溫羅汀時代

酒客來得早，我也早早開門迎賓，備好酒水，切妥水果，瀰漫著熱鬧酒語摻佐些許沉思氣息的夜，悄悄展開。是好友為了替我推銷前部作品，加之介紹這新開張未滿一年的小酒館教室，特地邀請幾個交情不錯的文友，一起飲宴。那些文友曾經幫好友的新書寫推薦序，想來知名度與才情應該在好友之上，而我又自認是好友之下下，便埋首專心調酒，話就說得比平常少了。

留學巴黎的小說家甫歸國數日，大聊起他的異國艷史與當年的軍中情話，我是個異男，無法想像兩個男人在營區的熱戀是怎麼一回事，但還是給他調了一杯加厚又改版的性感海灘，敬他無盡的揮灑；留日的青年評論家，頂著一副斯文但有點抑鬱的黑粗框眼鏡，淺淺說著他如何用散文將自己的幼小他者化，旁觀那個名為自己之物，主動向我多討了一杯酒，我回以純日系的風格應對；唯一的女作家頂著男孩子般陽氣短髮，唉歎起她悔不當初接下登山採訪的案子，差點被那個每每將同伴丟在山上鬧出新聞的登山客給丟在山上，關於自生自滅這種事情，還是專心寫老人相約自殺的小說吧，接過一杯瑪格麗特的她，莫可奈何地這樣說。

但我覺得她一定還會再去挑戰不可能，下一個或許是浮潛吧，我猜。

小酒館很少接待這樣的組合，作家雖有，但多半是認識的旅遊作家與美食作家，有時候是飲食生活類叢書的編輯，話題多半圍繞在世界各地的酒食文化，偶爾批判一下木舌木耳不懂品味生活的台灣教育之失敗，已經是對現實最大的陳抗力度，其餘的我們寧可交給酒來論斷，畢竟人在酒神面前，總是迷昧而渺小的。但他們這一夥文友聊起天來，只不過閒聊幾句別後感情生活，便都將話鋒鑽在傷懷憂國，還一路殺進女性主義與同志運動、外交政策和教育缺漏。席間，又不知道是誰，甚至聊到附近的古蹟，以及當時正在文資會審議的一批古蹟群的議題。

在商業大樓七樓租下這個小酒館兼作調酒教室，本來是有點想要跟附近的燈紅酒綠做點隔離，後來慢慢發現這附近的歷史脈絡，千絲萬縷幾乎可以說完半座台北城的故事，還能幫助我繼續思考調酒在地化的方向，也就漸漸對這附近的人文風情有了另一番新的見地。

緊鄰著林森北路，子夜時分，上班的人多了起來，而轉角拉客的聲音更是從沒斷

過。有時候是國語台語問說要不要喝酒找妹妹，有時候則是粗魯的日語問來：「かわいい娘見る？」

「想不想看可愛的女孩紙？」按網友的說法，太可愛的，一定是男孩紙。

本來有考慮要不要去附近拜一下角頭打招呼，但想到自己一週只對外營業一天，其他時間都是調酒教室，在林森北上班的又不需要我這種無趣的調酒技術與知識，為免招惹上不必要的麻煩，索性作罷。默默地躲在街角，看那夜晚蝴蝶翩翩飛舞的落寞身影，趁著酒興胡思亂想一些事情，漸漸成為我下課收吧之後，短暫消夜時光中的社會觀察。

也是這樣的緣故，我才認識到離調酒教室最近的古蹟，一個是第七任總督明石元二郎的墓塚遺跡，另一個則是蔡瑞月舞蹈社的舊址。

明石元二郎主政時，鋪設竹南至彰化的海線鐵路，疏通貨運；更成立台電株式會社，為後來的台灣電力公司打下基礎。最後那年，他罹患流感，併發肺炎，抱著病體從蘇澳一路審視尋訪至屏東枋寮，繞了全島一圈趕回台北開會。體能已經耗至極限，休養不到一個月，又因公務搭乘信濃丸返日，一直到十月底病逝福岡之前，他都心心念念著台灣的建設事業。唯一一位死於任上的台灣總督，最後的遺言是要葬在台灣島上。建設事業是為了帝國殖民之便，但像他這樣豁盡生命且情願歸於異地的，或許在公務之外，他真的愛上台灣也說不定。他的墓塚本來葬在林森公園，後來國民政府要開發該地，將他遷葬至三芝的基督教墓地，林森公園如今留下一大一小的石造鳥居，就是當時為了紀念他並神格化之後的遺蹟。

象徵軍國主義的旭日旗飛舞於全島的時代，中山北路原名為「敕使街道」，路的盡頭是台灣神宮，祭祀神格化的北白川宮能久親王。換句話說，這裡等同於今日東京直通明治神宮的「表參道」，同樣的林蔭大道和時尚精品旗艦店群集之地，藏著一般人鮮少關注過的台北歷史。時隔多年，台灣神宮拆了，原址蓋起了一棟中國北方風格，試圖氣壓天壇的樓宇，主祭神也從親王變成委員長，政教合一的統治方式從未改變，只是包裝手法不同罷了。

聽他們一邊聊著這附近的前世今生，我也趕緊上網惡補資料，才好追上他們的話題。原來他們正在關注台師大附近日治時代官舍的保存，還回顧了蔡瑞月舞蹈社當年的惡火，並為此深深憂心著那些古蹟自燃的都市傳說，會再度上演。

蒙受二二八牢獄之災的蔡瑞月，自幼向日本舞蹈家石井漠、石井綠學習現代舞，也為台灣現代舞開闢出璀璨新章，是台灣現代舞之祖。舞蹈社指定為古蹟的第二天，雖是橫來一場惡意縱火，卻沒讓七十九歲的蔡瑞月灰心喪志，反而更加緊腳步為舞作重建與記錄，投注心力，燃盡最後五年歲月，持續發表舞作。也是走過艱苦歲月的人，才有這樣的毅力吧。台北帝國大學蓋了許多宿舍給教職員，究其實來說，雖然規模比本島人的房子好一些，但不免還是略顯窘迫，這樣的環境條件從來沒讓當年的知識分子退縮，前仆後繼開展出多少文明的花朵。

集中在溫州街、青田街、羅斯福路、汀洲路附近，當時也有不少官役宿舍選址於此地，還是大水溝的新生南路，銘刻著台北水城的往事，不時吹撫的河風，料想曾多次闖入那些教授們的家園中。與大稻埕的本土文人聚落一樣，這兩處堪稱是當時人文薈萃的台北精華地段，算不得舞雩歌詠，但至少往來鴻儒。

大稻埕的老屋產權清楚，唯獨這「溫羅汀」一帶卻在戰後卻發生了劇變。日軍撤退後的官舍成了無主之屋，國民政府登陸後，便將這些無主屋據為己有，或任意分配，或廉價收購。日治宿舍房屋的接收與管理政策向來為人所詬病，電影《血觀音》的主要場景棠夫人家，餘下一種外省人住日本房的矛盾感，就是在諷刺此事。

並稱為「溫羅汀」的宿舍古蹟群，當時分別委託台師大等學校接收管理，殷海光、林海音、梁實秋、臺靜農、鄭因百、俞大綱等名家，都經常在這一帶出入，他們住的宿舍，如今有的保存完善，有的卻面臨拆遷命運。略過國民政府的強占不談，民主政府應該要曉得，建蓋官舍的地來自人民，而官舍的幾任屋主都對台灣有貢獻，這樣文史脈絡糾葛複雜，蘊藏著台北前世今生的地段，絕對不是某個單位或擁有產權的屋主說想拆想都更就可以的。如果一切都成為產權至上主義，那麼擁有數百億的巨商，就可以任意將某某古蹟買下來，按照他的藍圖拆毀，原地另蓋大樓嗎？

對於另外三位作家的寫作經歷或政治取向我不甚了解，但我熟知好友高中時期就讀了很多林文月的散文；小說風格深受林海音的影響；最早拿到的全國性大型文學獎就是梁實秋文學獎；甚至對俞大綱的《新繡繻記》也頗有見解。那個思想輝煌的年代，好友不曾親身體驗，但是餘緒猶存地透過文字浸染了好友的思想，我想另外三位作家或多或少也是這樣攝取到寫作養分的吧！

傳說中林海音家的客廳是半個台灣文壇，至少有一半的台灣作家，承繼了那種志氣昂揚，批判凌厲的鋒芒；或者說是台灣作家的血液裡頭，至少還流有一半那年「林先生」客廳裡的黃酒紅酒老白乾。那個時代的影響，隨著年代進展而漸漸會被稀釋，但對於現在活躍的作家來說，這樣的想像應該不算太偏頗才是。

我不敢自居這裡就是那個年代的現場，但透著酒意的聚會，他們都覺得聊得比平常還多，也比平常更暢快些。有些憂心，被酒精催化得差不多了，轉變為一種豁然。台灣社會普遍對酒有隔閡，處處防備著酒的資訊，但在學術圈與文學界卻截然不是那麼回事，畢竟為人師表努力學習陶淵明的志節、李白的豪放，當然個個都是酒國豪傑。林文月在她的作品中寫到她與師長們的酒席，不管是她掌杓，還是上館子，或者在教授家簡單吃些點心，她那不讓鬚眉的酒膽與江湖義氣，把她的酒名連同她研究六朝文學的專長一併傳了開來。那篇〈飲酒及與飲酒相關的記憶〉所記載了席次間的黃酒、清酒、葡萄酒，雖然和她所擬的〈我與老舍與酒〉中喝的竹葉青、苦老酒、茅台酒大不相同，但文人之間以酒交歡、銘記情感的這種志趣，是怎麼樣也不會差得太遠的。臺靜農寫道：「廿六年七月一日，我離青島去北平，接著七七事變，八月中我又從天津搭海船繞道到濟南，在車站上遇見山東大學同學，知道青島的朋友已經星散了。」寥寥數語，其情深遠，大抵都是解得酒味，喉韻深摯的文字。

世新中文系的眾位創系教授，以中研院士曾永義為黨魁，創有一名震兩岸的酒黨，黨內成員橫跨兩三代，國際知名的學者作家羅列其中，以酒會友。往上追溯，赫然發現酒黨黨員也都是「溫羅汀」的下一代，與林文月共飲的臺靜農、鄭因百、屈萬里等大家，正巧是酒黨黨員的老師，全都是嫡傳正脈。

難怪這些作家與藝術家，紛紛出面聲援「溫羅汀」的宿舍保存。是這些教授把他們家的客廳當成私塾，當成小酒肆，才得以讓台灣產出這麼多傲人的學術與文學成就，如果沒有當年教授家的文學沙龍，讓他們暢所欲言，言論不自由的禁錮，慢說遲緩了藝文學術的發展，在失控的通風報信系統之下，不知又要冤死多少知識青年與自由靈魂。

今夜小宴，雖比不得文史前輩那樣，談笑之間且還意義悠遠深長，也算是一場雅集，當敬「溫羅汀時代」一杯十五年佳釀。我如是說，便舉杯加入了他們的話題之中。

我與偵探書屋與酒

平素接演講活動，總是要比其他講者花費許多心思。一方面我要介紹基酒與酒譜的來歷，自己搖酒還得要置備裝飾物、點擊投影機、插科打諢說笑話，千手觀音六臂明王，忙得一頭熱。有時候自己說了什麼、聽眾得到什麼，根本無從知曉。所以後來漸漸喜歡跟人搭檔合作，他們講話，我負責調酒，偶爾串串場來個一兩句妙語如珠，與聽眾們分享心情故事，像從前在酒吧上班那樣，略挑心眼地觀察著台下聽眾的反應與神情，是我比較擅長也愈來愈習慣的演講模式。

頭一回跟偵探書屋合作，是一次類戲劇又帶點遊戲性質的活動。我們選在聖誕夜前，在偵探書屋辦了一場推理之夜，到場的來賓紛紛著裝變身推理小說中的偵探或知名角色，我租了套英式卡其呢料長風衣和一頂偵探帽，雖然沒有直接加入他們推理遊戲的行列，但聽他們的推理流程，心中已經列出一串嫌疑人清單。

探長譚端的書屋，是台灣第一間，專門推廣推理小說與推理作家的書店，賣書兼賣人，咖啡茶飲是附加商品，點心蛋糕憑心情看天氣出，以杯計價的十二年威士忌則是探長個人喜好。男人的浪漫，初初聽起來不切實際，但真做起來，想不到轉眼也已邁入第五年。在這書市低迷的時代，探長靠的不知道是什麼生財之道，讓人不免懷疑他是否真的四處接案，默默地當起私家偵探來。

也就是那時候，跟探長聊到了他的酒癮。他把睡前酗的那杯威士忌說成酒癮，其實倒也沒那麼嚴重，至少他這四年多來都是固定時段，開店上班，單就這點，我斷定他根本還稱不上罹有酒癮的人。

落地窗外，是尋常巷弄風景，正對面有一間舊書店，比鄰著幾間刷下來便一直沒有拉上去的老舊鐵捲門。偵探書屋雖然主打推理風格，又有一整面的好風景可以監視窗外動靜，但在這條安逸的巷子要鬧出什麼驚天大案，想來是很困難的。年底寒夜，無星無月，寂寥的深巷只有一股清風，嗅不到犯罪的味道。書屋內的活動正來到高潮，有人看出了第二幕悲劇的端倪，終於把嫌疑犯縮小到兩個人身上。當初選《三幕悲劇》這篇小說到書屋搬演，是因為小說中有頻繁的飲酒場景。而萬萬沒想到，第二次跟探長合作，出版社親自挑選的主題，竟也是環繞著這本阿嘉莎克莉斯蒂所寫的《三幕悲劇》。

在不透露劇情的前提之下，我和探長按照小說中三次飲宴的過程，介紹了這篇小說的創作背景與時代意義。

第一幕悲劇的死者是巴賓頓牧師，他們當時正在喝馬丁尼。調製馬丁尼的查爾斯爵士沒有嫌疑，因為牧師的酒杯並沒有毒藥反應。礙於時空因素，又或者是牧師的身分之故，巴賓頓牧師的屍體沒接受法醫檢驗就直接按照基督教儀式下葬，葬在他服務的教會墓園。

ITV版本的電視劇，沒有特別演出查爾斯爵士是如何製作馬丁尼的。雖然活動吧台上有一個搖酒器，但飾演查爾斯爵士的演員從頭到尾都只用它倒酒，沒用它搖過酒或攪過酒。牧師的死，只是個引子，導演為了不讓焦點模糊，略過馬丁尼的調製過程，避談馬丁尼要搖或者要攪的疑慮，也是可以想見的結果。

馬丁尼這個名字很早就出現於各家出版的酒譜中，最早的製法應可推到一八六〇年代左右，按照酒譜來看，那個時候的馬丁尼跟現在的馬丁尼是兩種東西，畢竟就連一九一〇年確切由紐約Knickerbocker Hotel的調酒師調出來並且拍板定案的馬丁尼，也都和現在的配方與做法有些出入。現在所認知的馬丁尼，是以香艾酒與琴酒的版本為主，的確應該用攪的，但由於各種不同流傳的做法與不同酒譜，用搖酒器搖盪製成的馬丁尼，通常會另外取一個名字，或是在馬丁尼前面掛上像蘋果馬丁尼、伏特加馬丁尼等別稱，才能跟「馬丁尼」做出區別。

如果推理小說還要談到這麼細節，劇情就會顯得拖沓了，因此第二幕悲劇很快開幕上演，死者是宣稱破解第一幕悲劇，甚至已經確定凶手身分的心理醫師。醫師安排一場雪莉酒宴會，邀請第一幕悲劇的所有成員出席。看樣子就要破案了，但是晚宴的雪莉酒卻被下了藥，醫師還來不及說出真相，便戲劇化地死在自己精心設計的酒宴上。因為大家喝的是同一瓶雪莉酒，因此所有嫌疑便集中在負責替大家倒酒的老管家身上，只有他有機會把特別下了毒的酒，另外端給心理醫師，而且老管家在事發當天晚上就失去蹤影，研判他畏罪潛逃的機率很高。

本格推理在想事情的方式，有時候跟現實生活有點脫節，一個已經十拿九穩知道凶手是誰的人，沒有選擇找蘇格蘭場的警察報案，卻是玩偵探遊戲一樣，拿自己的性命安全開玩笑。看似違背人性的設定，仔細斟酌其實又不違背心理醫師的玩興，本格推理利用敘述鋪陳，讓讀者相信各種不可能的可能，算是一種特點。

第三幕是神探白羅與查爾斯爵士聯手演的戲，他們再度打破常識，再度邀請所有嫌疑者，重現了第一與第二幕悲劇的原貌。阿嘉莎特別在雪莉酒之後把波特酒也寫進來，如此一來，《三幕悲劇》出現的三種酒，就全都是當時流行的酒款了，而且如果回去看小說原著的話，就會發現阿嘉莎詮釋得還算不錯。

阿嘉莎克莉斯蒂出生於一八九〇年，正巧在她四歲那年，全歐洲的葡萄發生了不可逆的根瘤蚜蟲大傳染事件，從此，原本有百餘種可製作雪莉酒的葡萄，如今只剩下碩果僅存的三種。莎士比亞和愛倫坡都曾在他們的作品中讓雪莉酒登場，但顯然那已經不是害死心理醫師的那杯雪莉酒了。波特酒的宿命當然也是如此，全世界唯一的西班牙百年老葡萄樹，只在澳洲見得到，海外殖民時代不斷輸出的各種文化習慣，意外地幫老葡萄樹在與世隔絕的大陸上留了根。

為了與探長一同談論《三幕悲劇》的講座，我各挑選了一款調酒，分別是馬丁尼（Martini）、賽維亞（Seville）、波特和鳴（Port Harmony），用濃重的酒精逼探長分享他對阿嘉莎與酒的觀點，也誘導現場的聽眾各自分享他們的飲酒經驗，順道談談他們對推理小說的認識。

有人從這部作品中提到了關於偵探的跟監行動，想問問我和探長的看法。以《三幕悲劇》來說，跟監行動是很集中且短程距離的，例如女主角艾格去尋訪資金有缺口的時裝設計師，探問他們的財務糾紛；查爾斯爵士前往嫌疑犯之一的女劇作家住處，發現人去樓空；白羅跟蹤女管家，跟到一處藏在庭院中的實驗室。這對偵探或讀者來說，是非常友善的設計，只需要用白羅一貫的刪去法，輕輕鬆鬆就能把無罪者撇除在跟蹤對象之外。但這終究是本格派的浪漫，要偵破社會上的真實犯罪，從來沒有這麼容易，於是乎後來的推理小說，出現大量的跟監場景，應該都是為了要貼近現實而產生。

推理小說設計出的幾種良好的監視場景，包括咖啡館裡散落地坐著兩組以上的便衣刑警，隨時監視著館內外的可疑人物；書店走道那個捧著新書但實際上正斜睨嫌疑犯的，是鼓起勇氣自己辦案的被害者家屬；誰也想不到酒吧裡佯醉的女子會是凶手同夥，隨時準備反制尾隨的偵探。

就連池波正太郎的時代捕物小說《鬼平犯科帳》，也襲用了這種調性，把監視場所換成江戶時代的茶屋、居酒屋、小料理店等場域，在那樣的店鋪裡，就算多坐一個下午，也不會讓人起疑，巧妙地利用飲食把監視目的藏起來。介紹《鬼平犯科帳》給我的好友分析，池波正太郎筆下的長谷川平藏，是個愛喝酒又愛吃美食的老饕，對生活品味很講究，儼然是上級武家的水準。

不管那是不是演出來的，如果我是犯人，看到一個武士裝扮但不顧吃相大啖當旬時令、大盅喝酒、笑聲爽朗與酒客們沒有隔閡的人，怎麼樣也想不到他會是來抓我的捕快頭子。

有這樣的機會可以讓調酒跟推理小說搭上線，實在講，還要感謝我的出版社二魚文化，不計成本展開了名為「食物課」的階段性任務，一場場演講和分享會，拉近讀者與飲食文化的距離，文字發生氣息，產出味覺，是極為珍貴的4D閱讀經驗。探長推薦的《三幕悲劇》也好，好友引介的《鬼平犯科帳》亦復如是，推理門外漢的我能透過這些作品搞懂本格派與社會派，想必讀者們要喝懂各種酒款、認識酒的故事，也不會是什麼太難的事情了。

阿嘉莎當然沒想過，她的文字能量有一天也會跟西班牙的葡萄一樣，飄洋過海來台灣結出美好的果實。本格派在台灣一直是主流，阿嘉莎功不可沒。探長分析，《三幕悲劇》之所以經典，其實那三杯酒非常重要。不僅僅是做為凶器，更是背後乘載的時代意義。以當代的眼光來看，我們如何能寫一篇推理小說的同時，把正在流行的飲食，做為線索甚至是凶器，為以後的讀者保留一點見證呢？Roald Dahl的〈羊腿凶殺〉和松本清張致敬之作〈凶器〉，已經是老生常談的舊例子了，探長說他很期待，珍珠奶茶也有成為凶器的一天。怎麼樣把一個好的思維或是文化或是器物給在地化，才是調酒也好，文學也罷，真真切切的硬道理。

我想他還沒醉，這話是真的。就算醉了，也肯定是酒後吐真言吧。

春風豈有不得意

搬來大稻埕不久，對於這附近的空間有一種難以言喻的親近感。我是土生土長的高雄人，仁武鄉民，大稻埕的前世今生原是課本裡一段生硬的敘述，本來遙不可及的宇宙，如今卻環繞在我的四周，舉目即是南街殷賑的遺風猶存。早上兜到慈聖宮附近喝排骨湯，沿途逛逛乾貨行，拜過城隍爺，回程去民樂街買瓶青草茶，法主公廟隔壁就是我的家。一趟簡單的日常行程就把大稻埕三大廟巡禮完，回想在仁武十八年，除去逢年過節，還沒這麼虔誠一一朝拜過在地的大廟神尊。

大稻埕是生生不息的活歷史現場，吸引許多人來此朝聖，或者乾脆留居此地，陪它活成它的一部分。眾多朋友之間，我還算是比較晚歸隊的，早在我搬來之前，最先租下順天醫院舊址後來遷至圓環邊的是偵探書屋探長譚端，他一個香港長大的軍人後代，因為對民國史的熟稔，輾轉愛上這座島曾經的烽火與手采，傾半生之力，為推理小說點上一盞明燈，開了台灣第一家推理主題書店。

探長算是我認識的朋友當中，最早在大稻埕定錨的。

幾年後，大學恩師廖玉蕙教授的公子和媳婦，夫妻二人斥資重金開設了歐式料理「行冊」，把蔣渭水的大安醫院舊址整建改裝，弄成一樓大廳、二樓餐廳、三樓書廳的文化景點，以淡水河為喻，將台北濃縮至店面一樓地板上，甚至還在牆上掛起了蔣渭水針砭國人教育的〈臨床講義〉。那應該是台灣現當代文學中，最早的形式主義諧仿傑作，如此被店主人珍視，除了是源自對蔣渭水這個老屋主的致敬之外，原來行冊的產生，就是希望能從一些小地方，慢慢地治療台灣這個世界文化的低能兒。

還沒搬來大稻埕之前，我就去過幾回行冊，本來是捧老師的場，後來跟店主人夫妻檔愈來愈有話聊，因為理念相近，常常聊到蔣渭水之於台灣的貢獻，透過臉書的留言貼文，也漸漸成了好友。比老屋銀獎更重要的是，行冊真的做到了直面歷史、保存文化的功夫；比台灣第一頭銜更寶貴的是，偵探書屋情願做那個讓前浪歇息的沙灘，志士成仁，貫徹了乃父軍魂。

搬來不久，跟這些強者朋友打過照面，便開始整頓房間，要讓那段被搬家解離的生活回到軌道，重新振作好追上我的強者朋友們。一個差點忘記為何而放的國定假日早上，樓下嗡嗡嗡嗡幾台擴音器嘈雜的聲響，把我吵醒，卻也把我對老台北城的情感，漸漸勾了起來。推窗望向樓下，我住的這棟新公寓，正對著二二八事件的爆發地，天馬茶房舊址，那塊蒼涼的紀念碑，從五樓看下去是那樣地渺小。小得不能再小，就像當天在路口劬著腰賣菸的婦人一樣。宣揚獨立建國的民間團體，每年都會來這裡短講，蔣渭水成立台灣文化協會時，也是靠著這種街頭演說，一傳十百，穿梭於全島各地，才得以將民主的火種散落四方。高天原不可攀越的皇權與神權，透過自由辯士的奔走，終於落到鯤鯓偉碩的鰭背之間，人們懂得一種新的國家社會組成結構，原來是不需要「某某大人」的，只有人民才是國家的主人，人民不服從，居然可以透過請願、陳抗等手段達成。這哪裡是還在浸豬籠的台灣人當時所能想像得到的呢？

短講的團體一再提醒大家一定要記得這段人權血淚史，這裡是白色恐怖的序章，往後的一甲子，台灣知識分子圈真空化，敢言的都被殺了，活著的都退縮不敢言了。《大國民》裡，成天幻想政府在監督腦意識而靠著耳機裡的軍歌，反洗自己的腦波，克制自己不要亂想些獨立自由民主的老人，他的幻想或許根本不是幻想，而是實存的曾經。警備總部把蔣渭水那一輩人的豪情與果敢，全都衝進大稻埕碼頭那天，上游漂來那一顆顆人頭，都是馬場町砍下的人頭，載浮載沉五十年的前輩啊，終於在出海口遇見了五十年後對抗政府的反動派後進了。

過得怎麼樣呢？還是一樣吧，警察大人的制服樣式換了而已。

聽著樓下的短講，殘破稀疏的歷史課本書頁飛舞起來，翩然歷歷在目，我彷彿回到現場，樓下的人細數著那些志士的熱血捐軀，還有更多無辜的人民蒙冤下獄，如果沒有人反覆記憶它，它就將不復被記憶。歷史不應該被掃入時光餘燼中，唯有歷史，才能確保人類繼續生存繁衍下去，而不重蹈覆轍。

我也只是讓妻子選擇新居的租屋處，沒想到就和大家全都湊在一起，這裡就像一塊吸鐵，冥冥中把幾個想法獨特的人吸引過來。

最早被吸引來這裡生根打拚，闖出不得了事蹟的偉人，非宜蘭子弟蔣渭水莫屬。他的原生家庭環境尚可，所以足堪供他讀完醫學院。他又是極有頭腦的人，除了開辦診所之外，還從舊股東手裡接下春風得意樓，那是當時最頂級的台菜飯館之一，與江山樓、東薈芳、蓬萊閣並稱「江東春蓬」，所有的政商名流，一年少說也得交關個幾趟不只。頂下飲食店，並不是因為蔣渭水愛吃，而是他有意拓展這樣的空間，去結識或者說去組織志同道合的人們，讓春風得意樓成為民主的搖籃。蔣渭水是擅長編織搖籃的人，診所照顧了街頭百姓的健康衛生；酒家和台灣民眾黨，照顧了知識分子的言論自由。

代理宜蘭甘泉老紅酒，則是照顧了遊子旅人的思鄉情懷與滿滿的酒蟲。

老紅酒就是今日的紅露酒，紅露酒是以紅麴米釀造的一種米酒，雖然福州和安溪都有紅麴酒的釀造源流，但比較可考的應該是一九〇六年，台灣商人黃純青、謝道埤、陳炎等人，各自從福建引進紅麴，並參考了西方釀酒的技術，改良出不遜於傳統的福建紅露酒，才是今日台灣所見到的紅露酒。蔣渭水代理的甘泉老紅酒，雖是來自他的故鄉宜蘭，但應該跟黃純青等人的引進有很大的關係。

全台各地都有不同的紅露酒銘柄，在當年是一種很熱門的酒款。除了紅露酒，日治時代的台灣，流行過很多不同的酒類飲料，詳細的流行程度，老廣告或老酒標的收藏家一定如數家珍，但稍微翻一翻文獻其實也可以看到，例如脫胎自歌仔戲《山伯英台》而經常被獨立傳唱的歌謠〈安童哥買菜〉，在數個已知的底本中，就可以看到高粱酒、五加皮、米酒、清酒、烏梅仔酒等酒類，還有後來改譯為啤酒的麥仔酒，甚至也流行過威士忌。

蔣渭水被關在牢裡的時候，可曾想過要討上一杯老紅酒來度日呢？他一個醫生，應該是不希望自己喝醉不清醒吧，尤其是那麼想要讓台灣人清醒的人。但他所遭遇到的困境，還有當時整個台灣的氛圍，難道不靠一點酒精催眠，是可以健康正常活下去的嗎？

蔣渭水的小妾陳甜，是在東薈芳酒席上認識的藝旦；蔣渭水與孫文見面的時候，當面收下了孫文致贈的威士忌；蔣渭水一生交遊的許多親友，都是他在酒家認識或是認識後多次一起上酒家同歡作樂的。做為一個先烈，蔣渭水承受了四面八方的壓力，故我深信，酒，在某種程度上讓他得到暫時的寬慰，以至於成為能夠繼續走下去的後盾。

甘泉老紅酒的確讓春風得意樓的生意變得更好，但大安診所和民眾黨的日子，可就沒那麼好混了，警察找麻煩是三天兩頭，出版的作品還要被挖去許多敏感字詞，出外演講都常常被警察監督著。刀口上的街頭運動，沒讓他退縮，還感動了他的正房妾室，一家子人就差孩子年紀小，不然早就全家上陣了。春風得意樓，在蔣渭水不甚得意的數十年風景中，推動了許多公民覺醒的運動，旁人看蔣渭水或許覺得他是傻子，但他的日記裡卻總是顯露出一派輕鬆，甚至有心情寫一些像〈快入來辭〉這種詼諧的作品，打發獄中生活。

其實仔細盤算起來，蔣渭水與林獻堂這樣的旗手，都是社經地位與財富資源都相當豐厚，當然也就顯得非常得意了。

在某個未知的平行世界裡，某個植有木瓜樹的小鎮，鎮上某處還住著陳有三那樣的人，理想如雲霧消散，木瓜鐵青地在樹上結著，不小心就跌進酒缸酒甕裡，不得也不願翻身。陳有三每天都算數著貧薄的月薪二十四圓，那伙食費的八圓裡，不知道有幾分錢是用來買麥仔酒。麥仔酒算是最廉價便宜的酒，另外還有胡蝶蘭清酒也是便宜能醉人的神物，對陳有三來說，都算奢侈了，只是當希望日漸破滅，似乎也只有他們是最要好的朋友了。龍舌蘭與月亮啊，坐在台階感歎（人生好美）（人生真是美得令人悲哀）的人生，像蔣渭水這樣一妻一妾的人，看得見嗎？

時代正走入一種光怪陸離的蓬勃發展，也許是一種泡沫，這時候的胸懷大志是必然的，但夢醒的痛，有誰能療癒呢？

蔣渭水當然看見了陳有三的困頓，同時也看到許多秦得參的無奈，蔣渭水走上街頭的那一天，想必也是這樣為台灣同胞煩惱著的吧。玻璃杯中搖晃的老紅酒，是這個世界上唯一真正認識蔣渭水的了。

美國最恐怖的故事

二〇一一年，美國福斯電視公司製作的《美國恐怖故事》開播，以每年一季的方式放送，至今已邁入第七季，第八季則預訂在二〇一八年的秋天上檔。

我追了幾季，便無法停止。

原來那些頻繁出現的驚悚鬼怪或血腥畫面，不是真正的「恐怖」，更多時候，「恐怖」是來自對未知的「恐怖」。從種族歧視、性向歧視、精障或殘疾歧視等議題，開展出一連串因為無知而造成的血腥殺戮，成就了美國真正的「恐怖」。如今看起來以自由主義風氣著稱的美國，其實篳路藍縷地走過許多荒謬的年代，由於每一季呈現的背景年代都不盡相同，透過某些年代的主流意識形態，「恐怖」就被不斷地翻案並重新定義了。

我最先開始看的是第五季，一位一九三〇年代的富豪，蓋了一間豪華又充滿機關暗門的飯店，飯店的開幕週，當他拿出香檳慶祝的同時，感歎禁酒令讓他跟卡彭先生都只能屈就於香檳這種酒精濃度不高的飲料，無法請貴賓到他引以為傲的藍鸚鵡酒吧好好暢飲一番。這位只被提及名字，而從未出現在影片中的卡彭先生，就是二〇一八年上映，由湯姆哈迪主演的電影《Fonzo》的主角，美國芝加哥地區的黑幫首腦暨最大私酒商，艾爾卡彭。

一九二〇年至一九三三年，是美國實施禁酒令的年代，曾經是清教徒建立並把持的保守國家，為了鞏固他們的信仰，希望透過禁絕酒類的販售，來斷除國民的飲酒風氣。禁酒不僅是我輩調酒師的恐怖故事，同時也是所有人的噩夢。酒的供應被斷絕，但需求始終沒少過，私酒商販因此崛起，酒的品質與價位，影響了許多人的生計與性命。同樣由湯姆哈迪主演的《野蠻正義》，就是描述一門三兄弟為了私釀威士忌，不惜與卡彭先生火拚的故事。

當時被允許販售的酒類，只有水果釀造的低濃度如葡萄酒和蘋果酒等酒類、必須持醫師處方箋才能買到的藥用酒精，以及教徒做禮拜，代替耶穌寶血領用的葡萄酒。也是這樣的環境，讓美國的酒保將一至數種酒類，混合果汁、糖漿或蘇打水的淡酒精飲料不斷研發改良，留下了龐大的雞尾酒譜，傳承至今。愈禁愈紅，發動禁酒令的那些清教徒肯定想不到，他們的決定居然讓美國搖身成為雞尾酒大國，融會了歐洲傳統的幾款雞尾酒，更開發出屬於美國性格的雞尾酒。嚴官府，出厚賊，看來是放諸四海的格言了。

就像是刻意要跟這些老古板的衛道人士作對一樣，第五季是目前我看到出現酒精飲料最多的一季，包括備受推崇的雅邑白蘭地、藍鸚鵡酒吧最知名的馬丁尼，以及飯店創始人用以招魂的艾碧斯。一棟建立於禁酒令時期的飯店，卻大方地提供各種酒類，看來不只是調酒師，連編劇導演都受不了沒有酒喝的日子吧。

偉哉一九三〇年，哈利克拉多克（Harry Craddock）撰寫的The Savoy Cocktail Book就選在這年出版，與禁酒令打對台，一口氣介紹了近百種調酒酒譜，其中有一個名喚Corpse Reviver，譯為亡者復甦的酒譜，號稱可以用高強濃的酒精，解除昨夜的宿醉。以酒解酒不僅僅是街談巷聞，如今更有調酒師著書立論。

哈利在Corpse Reviver No.2的做法中，加入了One Dash的艾碧斯，艾碧斯向來被冠上各種神奇的功效與傳說，招魂並不是它唯一或最擅長的，但它的確有可能讓亡者復甦。想來這被復甦的亡者，或者說醉漢，一定是被這一滴的綠色精靈從冥府路上導回陽間的吧。

同時，禁酒令時期，也讓餾釀容易的伏特加悄悄在美國市場崛起，與同樣製程簡便的琴酒，雙雙成為調酒界的新品（當時稱琴酒是有味道的伏特加），一九三三年紐約誕生了詹姆士龐德在電影中常常點的伏特加馬丁尼（Vodka Martini），正巧是禁酒令解除那年，做法也是電影常說的「Vodka Martini, Shaken, Not Stirred」。詹姆士龐德在《〇〇七》點的是伏特加馬丁尼（Vodka Martini），從Gin Martini變化而來，卡在禁酒令之後出現在大眾娛樂平台，無怪乎風靡超過一甲子，至今流傳不輟，馬丁尼的孤高口感依舊，甚至靠著這些以訛傳訛增添了它的傳奇性。

馬丁尼到底是搖還是攪？首先我們得先知道馬丁尼是什麼。馬丁尼狹義而言是指琴酒（**Gin**）、香艾酒（**Vermouth**）、苦精（**Bitter**）三者所攪拌**Stir**的雞尾酒，廣義則從二十世紀末開始，許多只要放進馬丁尼杯（V形的雞尾酒杯）就可命名為**Martini**，例如知名的Espresso Martini〔成分為伏特加（**Vodka**）、濃縮咖啡（Espresso Coffee）、咖啡香甜酒（Coffee Liqueur）〕。

受到詹姆士龐德的影響，大家經常面臨一個根本的問題，馬丁尼究竟要攪還是要搖？錯把馬丁尼拿來搖，或是誤以為龐德喝的就是一般認知下的琴酒馬丁尼，才是這個問題真正的問題。一道酒，用攪的跟用搖的，到底有什麼差別？其實，根據酒精、副材料與冰塊的融合，攪拌法是將簡單的材料組成一片四方稜角的拼圖，很能凸顯出酒質的特性；而搖盪法則是混納乾坤，把所有的材料搖成立體的圓球，追求宇宙的均衡，在口感呈現上，可以說是天差地遠的。

龐德喝的伏特加馬丁尼，與第一部〇〇七系列小說《皇家賭場》（*Casino Royale*, 一九五三）所提到的薇絲朋（Vesper）有關，那是作者Ian Fleming從飯店學來的調酒。作者Ian Fleming在描寫諜報交鋒之餘，對於小說情節外的酒類知識也是毫不含糊，例如在第四部《金鋼鑽》（*Diamonds Are Forever*, 一九五六）的龐德，甚至從小說開頭就嶄露他精深的雪莉酒與紅白酒的知識，那顯然也是Ian Fleming做的功課。

薇絲朋（Vesper）利用琴酒與伏特加，佐以Kina Lillet的微甜口感，搖出了適口的風格。可惜的是因為配方的調整，Kina Lillet如今停產了，故而大部分的薇絲朋也都改用Lillet Blanc調製。

從這樣的脈絡來看，美國如今能成為雞尾酒大國，還真的是拜當年的禁酒令之賜。那些瘋狂偏執的清教徒肯定沒想到，一路為了婚姻問題逃離允許離婚的英國國教，卻意外逃到一個通過同志婚姻法的同志聖地；為了禁絕酒精飲料，有教徒不惜用斧頭砸毀多家酒吧，並動用國會力量，通過禁酒令法案，許多年後，卻讓雞尾酒成為大眾新歡，甚至是美國的代名詞之一，電影《金牌特務》更毫不吝嗇地在各個片段中讓美洲釀酒文化大放異彩，彷彿詹姆士龐德的精魄輾轉托世在他們這些英國特務身上。

對於清教徒來說，這還真的是美國最恐怖的故事啊！

輯二——

私釀

青梅

迎面而來的旅人身上，纏著一股異香，香氣說明了前方梅林綻放處處，應有八分滿。到了那個時候我才曉得，暗香疏影不是古人的誇飾美談，不見花蹤的馬路上，不時都有香氣飄來，梅花薰襲著往來的人，初聞甚濃烈，愈久愈見芳醇，早春的風一吹上臉龐，連著掃下幾片花瓣；我來自一個以梅花做為國族象徵的島嶼，從小到大，梅花往往只能以圖畫或照片的形式出現，直到去了這趟櫻花國日本，終於看見傳說中的傲雪凌霜。眼見梅花之前，我和妻子都看過青梅在樹梢的樣子。我們跟團，搭車上了泰安鄉的梅園部落。那是個讓人印象深刻的梅子產地，導覽的小手冊，不管是梅園、天狗、二本松、雪見等等，和味濃厚的地名，全都是日本人曾深入到這個深山地方來的證據。

住在山上的部落兩天，接待的民宿主人說，這附近除了梅子，還有李子柿子等各種溫帶果樹，不過因為梅樹種得最早，日治時代就直接被稱為梅園。民宿主人帶我們去採梅，只見他用一根長木棍，一棒一棒，將梅果打落在地上鋪好的紗網裡；碧綠的梅子，就這樣一籃一籃地被搬到路邊小攤子上賣。原來泰安鄉的小部落裡，還過著上古《詩經》摽有梅的老日子，打下了一網的青梅，不小心被遊人踏壞幾顆，梅果的酸甜氣息散逸在風中。

臨去前的晚宴，民宿主人準備了一桌的梅子大餐餞行。他說，山上的梅子除了銷往城市，大部分也是被農家們醃起來，等到像我們這些觀光客上山的時候，就掏個半斤的醃梅子出缸，將梅子去籽起肉，剁成梅醬，用來沾魚柳、涼拌山菜、炒一道梅汁排骨、煮一鍋梅子雞，就是豐盛的梅子派對。山上隨手取來都是簡單的食材，但有了那缸陳年醞釀的珍貴梅肉，輕輕挖一小勺，就能讓家常菜變成追逐著季節尾巴的旬味料理，稍加綴飾，幾乎可以比拚上正統的精緻和食了。

後來也的確在日本嚐到精緻的梅子，不管是飯糰裡的紀州紅梅，還是梅汁汽水，甘酸偶爾帶鹹的滋味，和那年在山上部落嚐到的果真有幾分神似。

午餐妻子在飯店吃得飽足，好有體力地拉著我，要在梅樹下自拍。這一趟京都之旅，算是小蜜月，但賞梅花這個行程本來不在妻子的記事本中，純粹是因為那梅花香氣太誘人，妻子如蝴蝶攀附著花一樣，追著梅花的香氣團團轉。靠近梅樹約莫二十步以內，就可以聞到甘冽帶點甜味的香氣，興致一來，於古都的街道之間上下求索，循香而去，結果通常都不會讓人太失望。可能轉角一戶人家植有梅樹，開得又茂又雅，隨著犬矢來的籬笆牆邊拍照，頗有古意；或者某間寺院的門前就有一對盛開的枝椏，像西本願寺旁的興正寺，如果不是梅香勾牽，我和妻子肯定不會誤闖小小的寺境內。

除卻了路上隨心玩覽的部分，妻子決定臨時更動行程，要為梅花之旅畫下一個完美終點，拐著我，專程搭公車去一趟北野天滿宮。訪過天滿宮幾回，聽聞裡頭的梅苑，是全京都梅花最盛的名所之一，可惜每次都碰不上梅花的季節。拜了妻子的興致勃然之幸，終於得見梅苑裡一樹樹梅花茂然昂首的雅與麗。

我們在那裡駐足甚久，徹底聞透了每一朵梅花的精魄。

梅花裡頭似乎還住著菅原道真的英魂。天滿宮的主神菅原道真，生前極為喜愛梅花，而梅花像是有靈氣一樣，當菅原道真被左遷到九州太宰府的時候，幾年下來早已根生梅苑的梅花，居然不遠千里也飛到九州與主人相會。今日福岡太宰府天滿宮，植有飛梅，傳說便是當年在鄉野陪伴主人，慰療寂寞的梅花之精。

不管是飛梅還是韓憑夫妻樹、梁祝蝴蝶舞，萬物有靈的浪漫故事我們都聽得多了，但又永遠不嫌多。走進花海翻浪的梅苑中，彷彿不得不相信它們都是會飛的。一枚花瓣被風吹起飄得老遠，始終不肯落地時，難免也要望向天滿宮的檜皮葺頂，感歎天神的威能如斯。

拍盡了一切可以捕捉到的梅影，就差沒能把香氣拍進記憶卡中，我與妻子走出天滿宮，慢慢散步到中立壳通的商店街。從天滿宮走來，沿路都見得不少與梅花、梅子、梅酒、梅醋相關的農特產品，包有梅子果肉的紅豆沙餡和果子，吃得妻子兩頰漾出微微的淡粉紅色。不禁也要揣想，種了大片梅林的菅原道真，也愛吃梅果、喝梅酒嗎？還是他情願種出更多的梅樹，也不願啖食梅子呢？

而這趟完全意料外的旅程，卻也闖進了許多記憶中的事物。

中立壳通是很傳統在地的商店街，因為行程鬆散，所以我們隨意在街上邊聊邊走，走過一間雜貨店，看見店內的櫥窗陳列了大大小小不等，數十種規格的玻璃罐，是那種傳統雜貨店常見的紅蓋子玻璃罐，罐子上還特別用彩色印刷的圖片註明，可以用來醃漬梅子。一顆顆青綠色的梅子圖片，喚起了我的回憶。還記得高雄老家也有好幾罈，裝了各種藥酒補品、梅酒梅醋梅精的玻璃罐，母親的手溫彷彿還浸潤其中，隨著歲月翻弄，任其慢慢發酵。

旅行是一種尋找自己的過程，在旅途中拾掇的零星碎片，其實都和自己過去的生命經驗有關。愛吃的人總會發現外國廁所的奇特之處；喜歡冒險刺激的人終於體會到自己是個trouble maker；平日聲色犬馬無酒不歡的人，忽然跟旅伴說他想在京都的寺院多待一下，只為了從那一片枯山水中汲取最底最底的深摯風韻。看見的一切，風景也好，人物也罷，都是專程擺在那裡，讓旅人像挖掘心靈寶藏一樣去發現他的。

但凡生命中不曾有過的，不管出過幾次國，永遠都是視而不見；僅是輕輕錯會的，卻都不斷出現在旅次的風景中。

每年四月前後，記得母親都會專程上菜市場買一大袋的青梅。梅子上市的時候，都是用大袋子的塑膠袋封著，五公斤裝，因為這些梅子本來就是買回去要釀造醃漬用的，所以極少有零售包裝。

那是記憶中家裡最常把「酒」這個字掛在嘴邊的時節。父親不貪杯，母親只是個傳統的淑婦，呷酒醉這種事件不曾在我家發生過，對於酒精飲料的距離感，是從上而下繼承來的。我自然而然沒學會喝酒，聽大學同學口述，好些人早在小學就飲過紅酒了，那種極度類似果汁的台製加糖粗劣紅酒，流水席上擺出來的每一種飲料，桌上每個人包括孩子都能飲得。孩子多半偷飲過啤酒，只是麥子的苦臭太嚇人了吧，大家都寧可多喝幾杯果汁般的紅葡萄酒。

不愛喝酒的家庭卻忙著做梅酒，單純是因為母親想吃酒精泡過的梅子而已。

「你不是也很愛吃？酒裡的梅子。」我指著雜貨店架上的玻璃罐對妻子說。

我的選妻條件絕對沒有「必須要很喜歡吃梅酒裡的梅子」這一條，純粹是很偶然的，不愛喝酒的妻子也喜歡偷吃梅酒瓶底，最後那幾顆被酒精醃透的梅子。如果說菅原道真是窮盡一生的努力，要將梅花的姿影與薰香印在他的心田裡，祈求天地用梅花花瓣將他埋葬；那麼，愛喝梅酒或者愛吃梅子蜜餞的人，想必就是豁盡一切心神，也要榨釀出梅子果實的最後一滴精華吧。

歸國不久，拉著妻子到後火車站，挑了一個形式跟高雄家裡一樣傳統的玻璃罐，把菜市場剛上市的青梅醃了起來。為了醃好這斤梅子，和母親通了幾次電話才把詳細的做法問清楚。

「我記得你有放糖？之後放？多久之後？啊是不是還要搓梅子？搓多久啊我記得我跟弟弟幫你搓了一個下午還是兩天？啊，一小時？有那麼短嗎？」

童年的記憶往往是不可靠的。母親不知道是太久沒醃梅子還是沒跟我通電話，掛上電話不久，她又撥來再交代幾件瑣碎的事情。例如瓶子不能有水，例如罐子不能常常開，空氣細菌會跑進去。有一年，我記得我和弟弟偷吃醃到一半的梅子，一人拿了

一顆，往嘴裡吞；不夠，吸了吸手指頭，又各再拿了兩顆。三天後，那缸梅子浮出了白色的菌絲斑點，氣得母親罰了我們一下午的跪。所以我記錯了搓梅子的時間，是因為那年倒掉做壞了的梅子，得要重新再做一缸。贖罪一樣，我跟弟弟陪母親上街，扛了兩袋青梅，搓了整整兩天的梅子，手都發脹。

調酒師如果能醃一缸好梅子、好梅酒，不也是挺有趣的嗎？比起醃漬食物，我當然還是比較擅長酒湯與各種果汁液體之間的調配，但醃梅酒成了我的新課題，一方面為了深入理解梅子的韻味，一方面，我想著能為妻子醃梅，可能就這麼破天荒的一次，不如就紮實地醃一回吧。

買來的青梅，用滾水沖過一趟，趁熱挑去蒂頭上短短的梗，然後開始在梅子的表面上搓抹鹽巴。母親比較粗獷大氣，整顆梅子揉過就算；京都賣梅子的店家播放他們的製作影片時，對待每一顆梅子都像撫摸嬰兒一樣。

醃漬食品的樂趣，往往只能心領神會，難以言傳。食物悄悄地在液體裡，彷彿受到神諭一樣，偷天換日地被淬出一股無論是生吃熟啃都達不到的至高美味。準備工作很繁瑣，等待時間很漫長，可是換來的欣喜，堪比播種的農夫；因為發酵讓大地豐碩的成果變得更加迷人，透過玻璃缸，也有更多的時間可以慢慢欣賞這天地自然間的奇妙工作。

搓鹽殺青後，用一層糖、一層梅的方式將梅子醃起來，我與妻子在廚房忙了一個下午，兩人玩得滿手都是青梅的香氣。遲遲等了三個月，醃梅子的汁瀝上一點，取出醃梅，混搭現成的梅酒，就能醉得酡紅。但等待的時間太過漫長，陳年的梅酒，是十年、二十年，彷彿就要這麼釀著我們的天長地久。高雄家裡有一罈十五年的陳年老梅，按年紀來算，就是我的弟弟，他代替我，留在高雄家鄉，繼續見證著父母的恩愛。

故鄉的調酒師前輩，Inn Bistro的寶哥，知道我的妻愛吃梅、喝梅酒，他便用卡瓦多斯和麗葉白，點綴上蜜李酒，揉以李之儀〈菩薩蠻〉：「青梅又是花時節，粉牆閒把青梅折」的韻調，裝飾物用青梅糖葫蘆與棉花糖，東方精神調合了西方味覺，暗影梅香，三兩下就搖出來了。

杯口浮著輕盈的梅酒氣息，但釀梅酒的樂趣呢？私釀梅酒終也成了佳人獨自知，想喝的人，看緣分吧！

【酒譜】

作品名

青梅
Green Plum

- 60 ML卡瓦多斯 Calvados
- 40 ML麗葉白 Lillet Blanc Vermouth
- 20 ML蜜李酒 Prucia
- 1 BSP白薄荷香甜酒 White Menthe Liqueur
- 白蘭地水滴糖葫蘆、紫蘇梅、棉花糖

酒吧｜Inn Bistro

創作者｜Siu-Bo Huang

鄉愁的顏色是黃的

一位以蘭陽子弟自豪的學生，帶了宜蘭的特產金棗跟金棗糕。他希望我能用金棗糕調酒。金棗糕不是蛋糕或糕點，金棗糕應該寫作金棗膏，此膏非彼糕，但宜蘭人約定俗成，大家也就繼續用糕來稱呼那一甕黑呼呼的酸鹹醬水了。

當他從包包裡拿出一大把橢圓澄黃的金棗時，我看見他的眼神比金棗還來得光彩熠熠；不只一次聽他聊宜蘭的故事了，龜山島的傳說、梅花湖的道觀、太平山的日出，他如數家珍而且屢屢勸我們務必要走一遭噶瑪蘭，他口中的噶瑪蘭不僅是多雨溫潤且稻田廣袤的平原，還包括那間多次榮獲國際獎項肯定的威士忌酒廠。他更帶過許多果真是當地人才知道的特產，譬如口味濃重的各種醬菜鹹菜，以及醃得發黑發亮的豬膽肝、燻得紅艷艷的鴨賞。別的同學嫌他帶了這麼寒磣的伴手禮，他倒噓了一聲，說出好米的地方當然專出這些配好飯的醬鹹。

鴨賞和膽肝各切了一碟，他把真正的三星蔥，切成細細絲，配上蒜苔、辣椒和那些醃漬肉品一同拌勻；那堂課剛好是介紹米穀類的調酒，從韓國真露喝到日本清酒，才剛要喝大吟釀，兩碟珍味「おつまみ」已經一點不剩。曾經棄嫌醬菜的同學也吃得油光滿嘴，笑稱一口清酒、一口鹹肉竟是如此般配。

因為這位宜蘭同學的熱忱，慢慢地也打開了整個班的話匣子，大概每週都會有人提到他們老家的名特產，當然也會專程買來課堂上請大家配酒。我則是藉著這樣的機緣，開始思考調酒的素材，究竟可以在地化到什麼樣的程度。我能否用竹葉青、用花雕紹興當基酒；用芒果、用釋迦、用火龍果，打造一款充滿印度佛教風味但其實是台灣土生土長的水果調酒；我想擱置那些歐美社會所灌輸的飲酒方式與文化，把杯底不可飼金魚賦予灌酒以外而更看重情義的正面能量。

為了研究調酒的在地化，我起先是讀了一些台灣水果與農業的資料；但我一直不敢面對自己的故鄉，每每到了高雄的章節，便匆匆跳過，留壓到不得已的時候才肯去看它。

一直都不算土親鄉親的孩子，卻也沒機會在都市城鎮裡長大，從出生到成年離家，不過就是住在一條蓋滿了新式透天厝，被各種電子工廠、煉油廠、金屬工廠圍繞，連路名都取為「水管路」的工業社區。新崛江又多了什麼排隊小吃、愛河被整成什麼樣子，我都是最後才知道的；離家最近的綠意是容積獎勵回饋鄉里的社區小公園，和一片十八年來都不知道究竟屬於哪一戶哪一家的竹林。偶爾我們會在裡頭挖筍，那片竹林好像就這樣野生開放給所有鄰居自由出入一般；挖筍的那天晚上，餐桌上一定是排骨湯或雞湯，大把的筍片在湯裡頭默默地回甘，是到現在都不曾變改的本家滋味。

但是何夜無月，何處無竹筍呢？我的家鄉，單調地成了一個只提供居住的空白空間。沒有獨門的伴手禮像高粱、茶葉、麻糬、豆腐、方塊酥可以買，是高雄觀光的困境；而只剩下鋼鐵、焦油、懸浮微粒做特產的仁武，則是我失落的鄉愁。戴奧辛臭味之外，幾無憑供紀念或宣揚的地方物事，就算有，也就像那一陣從煉油廠竄出來的濃煙，直衝衝奔向上，化在藍天白雲裡。想起來只覺得臭。

偶爾，騎腳踏車的泰國勞工從身邊溜過，三三兩兩順著夜風放送著他們的歌聲。遺留在腦中的家鄉形象有時候Déjà vu得有點清邁、彷彿曼谷。

大學畢業後，返家的機會多了，那些工廠煙囪依然冒著焰炬，而且又多了幾支同夥，零星地插在空曠的原野上。這裡的工廠日夜輪班式運轉，摩托車騎過水管路的時候，經常是一股濃濃的塑膠燃燒臭味飄來。我從沒想過有一天，夜空中的薰臭火光也會變成指引回家的標記，不管心裡是多麼排拒嫌惡這樣的現實、這種在地化，但畢竟我父我母原也是賴此吃穿乃至養大我與弟弟的。在煙囪底下做事的人們，只是依著親友輾轉介紹，一家兩代、三代就這麼被黑呼呼的原油煉成人柱，一人一手，撐起四邊的家。誰從小就立志進工廠呢！想這仁武區也不是故意要毀掉每個區民的童年吧！

只是剛好上到了蘭姆酒，碰上了愛鄉愛土的蘭陽子弟，所有人的思鄉情緒炸得亂七八糟，第四堂之後開始陸續有人請假回家看爸媽，連我也不例外。除了同學帶來的金棗糕之外，還有好幾款各種不同國家地區的蘭姆酒，蘭姆酒是很接地氣的酒，有甘蔗的地方才釀得到它，而喜歡喝它的人自然地愛上它的甘芳香氣，為它生長的海灣喝采。酒瓶一字排開在長吧台上，調酒班的學生們應中秋之景而再度聊起了各自的家鄉，我空虛羞澀得插不上半句話來；九月下旬的涼夜裡，像被一個巨大但薄弱的泡泡裹住，飄得高高地，深恐戳破它就會摔個四腳朝天。

我一邊講解蘭姆酒的歷史，嗅聞了一把新鮮金棗表皮的香氣，有點像金桔，但似乎比較偏甜，在地同學拿了一顆金棗示範給我看，只見他三下兩下揉擰了一番便吞下肚，原來是可以連皮吃的；口感跟金桔不太一樣，而且也沒有柑橘類常見的苦澀味。這些金色的芸香科小果實，在台灣是一種非常在地的食物，宜蘭人除了做金棗糕，將

它熬煉成潤喉爽聲的保健食品之外，還有金棗酥、金棗牛舌餅、金棗果醬等等。金棗是宜蘭人的名物，在物資不是那麼充足的年代，佐茶的四秀仔要夠豐富就得靠像金棗這種外型美、心也美的小金果來撐撐場面。

那堂蘭姆酒課之後，每堂課都變成同學們的農特產大會師，收到各地方的農特產，促使我也用新鮮金棗調了一杯簡易酸酒，為他們這一期的同學們做結尾。酒名就臨時起草，叫做蘭陽。調出了一種金黃色的鄉愁。像蘭陽子弟這樣有一個他所熱愛的家鄉，應該是幸福的。他隨手又嗑了兩顆金棗，配他手裡的那杯蘭陽。

雖然那種鄉愁終究不是我的，但蘭陽子弟喝了下去，果真滔滔不絕又是十來分鐘的宜蘭巡禮，把金棗的好處說得亂墜。還鬧得一個不會講客家話的客家人，把他那位做了半世紀桔醬的阿婆都搬請出來，說下禮拜要回家去問阿婆，酸桔除了做醬，有沒有聽過人家在喝的。

英國海軍英雄納爾遜，戰死甲板，英骨泡在蘭姆酒桶裡，才得以歸還故里保得全屍。

雖然是我自己的課程講義補充，但我依然感到困惑，漂泊巨浪四海為家的海盜海軍們，最終都可以有此歸宿，六根七竅吸攝加勒比海陽光所孕育出來的糖蜜，不論是不是和那些甘蔗同一片土壤養肥的人，最後都因為蘭姆酒而思念著加勒比海，異緣的他鄉於是也有了鄉愁。

那麼，根究竟在哪裡，家鄉又在哪裡呢？思不思鄉都是其次，根柢與發展在哪裡，才是尋找在地化，或者說追求在地化時真正會面臨的難題。加勒比海被歐洲商隊蠻橫墾殖誠故可惡，難道今天就要因為歷史的仇恨把所有咖啡樹和甘蔗田都剷平嗎？不惜拆毀誇耀全球咖啡豆產量的金字招牌，也不屑繼續痛飲陳年金黃的蘭姆酒，就為了出一口百年來的怨氣，是否太過不智？

那些重得提不起來的，每年卻都要被再次提起，各種發生在島上的歷史傷痛，一遍一遍提起，一次又一次地揭開真相。不是為了仇恨，也不為撕裂而來，只是要反覆地告誡自己也讓其他人知道，這就是我們，我們走來的路就長得這個樣子。黑是煤油黑，黃是泥水黃，但這就是我們的鄉愁，別人花再多錢，也買不走。

【酒譜】

作品名

鄉愁
Nostalghia

- 新鮮金棗三顆搗碎
- 10 ML樂加維林 Lagavulin 16 Whisky與方糖搗勻
- 40 ML蘭姆酒 Rum
- 20 ML噶瑪蘭山川首席威士忌 Kavalan Concertmaster Whisky
- 柑橘片扭壓、金棗對半串起，輔黃砂糖炙燒

酒吧｜艾澤拉斯小酒館

創作者｜艾澤

浮塵子

坐在茶席上，嘴邊的燙口茶湯沒停過，也聽陳大哥說了一下午的茶經。「一下午」的這個概念，卻也是剛剛才發覺的。

陳大哥還在喃喃著……所以我講，不是中國茶就好，台灣茶就差，不是這麼比較的……。他的聲音忽然飄遠，這才注意到他的離席。所有的物事都慢了不只半拍，感知能力都顯著地變弱了；正談著他在南投的得獎茶，一面走向門邊，按開了電燈，原來窗外的自然光早已漸漸消退了。我拿出手機來，發現時光偷換得讓人措手不及。一個下午就這樣浪擲了。茶人消磨光陰，有如貴族拋捨家財般闊氣，一去不返就是倏忽三小時。

桌上刻意攤曬著泡過的茶葉，三堆從蜷曲的茶球慢慢舒開來的茶葉，恍如三叢茶樹迴光返照在茶海裡。茶海無涯。陳大哥示意讓我抓抓看茶葉，感受一下茶葉的質地，從未這樣用指尖觸摸濕潤的茶葉，但很容易就摸出了一堆較為滑嫩、帶點潤澤的手感；一堆是介於二者之間，另一堆則粗乾老硬，葉片也較前二者肥厚許多。這三叢茶樹，是種在不同地區的同一茶種，由於揉炒訣竅的傳承不同，還有種植的觀念不同，些微參數的變異就讓茶湯產生絕大的差別。

陳大哥謙虛地說，他不懂酒，也不喝酒，但他知道，這個世界上不管茶酒還是咖啡、果汁或者牛奶，只要是飲料，大概都是一樣的。你怎麼對待它，特別是土裡的它、大自然裡的它，它就會怎麼回報你。飲料跟水一樣，都是活的。說完，抓起了他家茶園的那堆濕軟的細薄茶葉，毫無預警的亮出了一顆顆小洞。那是很明顯的蟲咬，隨便開一包、取一瓢茶葉，都泡得出這樣的蟲咬。陳大哥甚以此蟲蛀為最光榮的勛徽。

其他兩堆則是圓滑光潔的完整葉片，片片無痕。

毫無瑕疵，卻正是最可怕的瑕疵品。

「學名小綠葉蟬的浮塵子，其實是這樣的……」陳大哥侃侃談起了因禍得福的茶農，如何偷雞摸狗地把咬壞的茶葉銷送各地，特殊的蜜香歪打，正著打中了國內外嗜茶者的味蕾，從此讓台灣蟲咬茶一夕膨風，東方美人福壽綿長地紅紅火火至今。當品酒師都在討論一九八二年那片彷彿只眷顧波爾多的陽光時，茶農談不上喜悅但也不算太過悲情地說起一九九九年肆虐的浮塵子，是集集大震替這座島嶼掀起的唯一一波恩惠。地動如鼙鼓，正是茶園荒疏、被遺忘的丘陵台地，宛若陰氣森然的馬嵬，茶樹於天地間孤挺地立著，直到耐過一襲浮塵鋪天，被返鄉的茶農們搶救回來，那些蛀蝕過的葉片竟已淬煉出貴妃的蒼涼絕美，一味「凍頂貴妃茶」，再度把小綠葉蟬的名氣推到浪尖。

最近一次在台北的希望廣場，至少有三間茶農在推廣他們的茶園是如何利用共生農法，招攬小綠葉蟬當他們的提香義工。我品飲過他們的茶，風味巧妙不同，無糖的茶湯都有三分甜的天然回甘香氣，令人感到十分詫異。

陳大哥說，大震那年他們家損失不多，一堵牆和兩扇變形的鐵門、幾顆久未摘採的老茶樹被鬆動的泥壤連根帶走，僅此而已。

「在國小避了幾天，就回茶園去巡，可是啊……」陳大哥的語調中，多少還是有點感慨，他說——當你看到鄰居都一臉漠然無神的樣子，也沒什麼人在山上唯一的產業道路走動，整座山失去了聲音，空氣中也失去了茶香的時候，真的，那是一點製茶的心情都沒有的。其他鄰居不盡然都如他們家一樣幸運，甚至更慘重的都所在多有，他語帶保留，始終不肯透露那場地震他究竟還失去了什麼。

「所以我才說台灣茶得天獨厚！」話鋒一轉，他像是不願讓我或是讓茶席凝滯在一個愁慘氣氛太久的樣子，繼續稱讚台灣茶。自從電話中知道我要找他，是為了尋一

Fish

罐好茶來入酒，他就把這件事情掛在心上好久。直到昨天，他還翻出了柴燒瓦罐裡的老茶，泡了兩泡，先替我試過了味道。他不懂酒，可是他知道一個要與酒，或者說，與任何主配角演對手戲的茶葉，應該是什麼味道。

爬梳茶葉在這座島上的軌跡，以及認識各種茶湯鑑別的理論，並不算太難，但講究的喝茶規矩，一場賓主盡歡的茶席，要如何融入現代生活，才是茶文化正在面臨的險關。若不是為了要向陳大哥請教，我素來也沒有這樣的閒工夫，乖乖在茶席上只為了喝茶而喝茶。我是可以一口飲盡半杯清心、五十嵐的那種手搖嗜好者，茶不過是我許多種解渴飲料的選擇之一。拜泡沫紅茶盛行全台之賜，紅綠兩茶被發揮得淋漓盡致，加入奶精粉、蜂蜜、果糖、薄荷糖漿、石榴糖漿、珍珠粉條等副材料，變出上百種不同的飲法。

當我要用茶來調酒的時候，也是很順手的選用了紅茶家族的伯爵茶來做實驗。但茶酒相調的挑戰已經一關闖過一關，從能喝到好喝，再到可以推上吧台賣錢，就某種意義上來說，那一杯杯成功的試驗品，儘管叫好叫座，但已經不能說服我自己了。有愧於台灣這麼多不同風味的茶葉，我告訴自己，我應該調出一杯賦予台茶文化神髓的酒，那不同於紅綠茶的調酒，必須乘載著我對這片土壤的認知與期待。在此之前，我已經喝過杉林溪、文山包種、金萱、紅玉、四季春等不同品種、產地與價位的茶，繳了不少學費，也聽過不少只是為了吹噓自己茶葉而使出的話術；幸好，所有飲料相關從業人員中，話術天賦技能點最高的畢竟還是我們調酒師。見人說鬼話的最高神髓，獨獨在我調酒師之輩，說得不著痕跡，不露鋒芒，輕輕鬆鬆像催眠一樣，帶著兩分醉意的人，沒有一個可以逃過我們的話術。

我本來不是一個為了調一杯酒就跑去種一棵葡萄樹的人，喜歡手到擒來的各種食材之變換，向來是我調酒與教學的習慣。但幾年下來，我體認到有些堅持是有其道理的。

求教於陳大哥，聽了一趟又一趟關於浮塵子的生生滅滅；一年有十四到十五次世代交替，朝菌不知晦朔，蟪蛄不知春秋，浮塵子是不懂甲子的小可憐蟲。這樣微渺的小年之輩，卻意外興起了環頸雉、大冠鷲、紅尾伯勞等保育鳥獸的生態圈；茶樹成為浮塵子的Buffet，饜飽的浮塵子則被鳥獸攫食。放棄了大面積的農藥噴灑，茶農逐步趨往自然無毒的有機農法，東方美人、凍頂貴妃、蜜香紅茶等各種香氣濃郁的茶葉產量逐年日增，至於那神奇的蜜香，原來是當茶樹感到危機時，自體散發出的激素，這個激素誘迫鳥獸前來，順手就幫茶樹解決了蟲害。孰謂草木無情，是則貪生之能，物物有之。

好萊塢電影《大恐慌》演過，由於生存空間受到壓迫，便散發出電波、花粉、費洛蒙等各種好萊塢想像得到的影響媒介，試圖去控制有可能對環境產生威脅的各種動物，包括人類。遠比動物更早存在於地球表面的植物，其潛能超乎想像，招蜂引蝶的從來都是看似靜好無瑕的花朵；砍斲傷損的沉木才有機會暗結香瘤；植入菌種的腐木加以猛力的撞擊，可以加速菇蕈的生長速度。

無怪乎茶道家最後不是搞茶禪一味，就是養天地正氣、道法自然。攏著同一樹種，分別栽在山南與山北、溪前或溪後，最末歸入茶碗底的氣味，就是兩般。吃的水土，來的蟲鳥，甚至吹的風露不同，打自根裡就影響著每一片枝枝葉葉的底韻。虛玄得完全就是古中國美學之集大成，潑墨山水那樣寫意。

從同行好友那裡進了支以南非國寶茶為材料的特選琴酒、TIFFIN出品的茶葉香甜酒，還有京都限定版，「季之美」抹茶琴酒與抹茶清酒等等，茶是一味與天地相合，共人我同參的妙藥；而酒是通神的靈丹。高僧的茶，鴻儒的酒，就形上面來看，茶與酒的對話早就不算新鮮事了；但如何調合器世間的茶湯與酒液，倒成為難題。

陳大哥推薦我用毫香與蜜香兼備，宛若才德雙全般的白毫烏龍。我細思幾種可以配合的酒譜，但還沒來得及實驗，就在好友韋德的OLD98，喝到了帶點酸甘並茂的想像，配著Diplomatico Blanco Reserve這種酒香細緻的蘭姆酒，起初喝來不覺有什麼奇妙之處，茶版黛克瑞，後來愈飲愈回甘，一問之下，才知道原來英雄所見略同，韋德也用白毫烏龍，做了這款東方美人黛克瑞。

月有盈虧，那碗茶，在無人覺察的暗夜裡，偷換芬芳，是適合獨飲，不得與酒相調的孤高美人。則我，就只好自斟自飲，回味著與陳大哥那一場算不清年月、記不起時節的下午茶席，期待著有一天能再見到陳大哥，讓他也喝一喝這杯口渾繞著金光的無盡茶意。

【酒譜】

作品名

東方美人戴克瑞
Oriental Beauty Daiquiri

- 60 ML東方美人茶蘭姆酒 Diplomatico Rum（Oriental Beauty Tea）
- 10 ML萊姆汁 Fresh Lime Juice
- 3 ML糖水 Simple Syrup
- 2 ML花蜜 Honey

酒吧｜Swagger x Old'98

創作者｜吳韋德

木羨

不是哀梨不是楂，酸香滋味似甜瓜；枇杷不見黃金果，番樣何勞向客誇。

難得讓我重拾中文系的身分，吊一下書袋吧。

這是《臺海史槎錄》作者郁永河，為芒果寫的一首竹枝詞，按照芒果移植島上的時間推算，郁永河當年吃的應該是土芒果。芒果原生地在印度，郁永河的詩中也稱它是番樣，無論後來土芒果這個「土」字取得多麼接地氣，依舊不能隱藏其外來種的真實身分。荷蘭東印度公司領台時期，將土芒果引入台灣，如今土芒果除了熟成後食用之外，還經常被醃漬成情人果，增添茶席間「四秀仔」的風味與色彩，也豐富了島人的味蕾。芒果經歷數次的引進和改良，彷彿被郁永河的竹枝詞說中了，這片土壤終於結出黃金果如愛文金煌凱特，與其他的農特產同為台灣的新名片，將台灣豐沛的陽光雨水，介紹至海外各地。

二〇一五年，台灣觀光局禮聘鴿子導演吳宇森，以木村拓哉為主角，拍攝一系列推廣台灣觀光的廣告。請動了日本的國民丈夫木村拓哉，投放對象當然是針對日本人，廣告內文毫無懸念地將日本人最喜愛的芒果冰、小籠包、烏龍茶結合在一起，還稱台灣是芒果刨冰的本場，也就是正宗發祥地之意。

一碗芒果刨冰能刨出今日的榮景，永康街的芒果冰，功不可沒。滿載了芒果冰淇淋、芒果果粒、芒果果醬等各種芒果製品，黃澄澄的芒果冰，其身世遠可以追溯到香港糖水鋪的楊枝甘露與芒果爽。但就跟芒果的外來身世一樣，在我的觀念裡，台灣芒果冰只能算是一種概念上的「改良」，說是本土原生種的「發明」，似乎還有點太過。

台灣芒果冰在九〇年代中開始流行，但香港早在八〇年代前半就已經開始有各種鮮果爽、鮮果撈的概念，一碗混搭了芒果顆粒與西米露、奶水的甜品，最早散見於港九各地的糖水鋪。香港人說的「糖水」，泛指一切冰熱甜湯、飲料，乃至冰品等等，至於將鮮果與「糖水」結合的始祖究竟是誰，莫衷一是，但就算不談許留山的芒果西米撈、粒粒爽，也得提到利苑酒家發明的楊枝甘露。許留山是龜苓膏涼茶老店轉型賣糖水，特色是將芒果或其他鮮果切成一粒粒方塊狀，配上奶水糖水，客人可以杯子裝著走，用吸管插著喝；利苑酒家則是專業廚師為插旗新加坡而研發出適合燠熱氣候的冰飲，原先專門用呂宋芒，後來被坊間仿製，芒果的品種也就千變萬化了。巧的是，這兩種「糖水」，其主要材料與基底味道都是來自芒果，要說它們沒有影響台灣芒果冰，從時間與地緣關係，以及最後呈現出來的風格來看，應該說不過去。我很懂這種感覺，就好像出現於一八九〇年的經典調酒阿多尼斯，出自曼哈頓華爾道夫酒店的酒吧。以Fino雪莉建立基底，甜味Vermouth增添香氣和甜度，柑橘苦精又突出雪莉酒的風味。相傳是服務於日本橫濱格蘭飯店的德籍調酒師Louis Eppinger，他把Sweet Vermouth換成不甜Vermouth，就把阿多尼斯變成另一款東方雞尾酒竹子。竹子也是誕生於一八九〇年代，那麼，究竟是Adonis影響了Bamboo，或者兩不相干呢？我想，這應該只有Louis Eppinger自己知道了吧。

〇九年初次去蘭桂坊，喝了芒果版的Mojito，裡頭就有新鮮芒果粒。雖然只是罐頭果粒，但回想起那時候的台灣，甚至還沒開始流行喝Mojito呢！那些被稱為自創的調酒，總是有一個基底的酒譜，透過前代調酒師的改良以及不同師承的傳授，加上個人實驗，才有被端上吧台桌的資格。

真的改了什麼嗎？或許僅是口味上的更動而已。有哪杯調酒會是無中生有，甚至超脫一切前人的影響而被發明出來的嗎？調酒乃至於烹飪之道，必須達到什麼樣的程

木羨

度，才能跳出原創者的發想，從技法展開全然的革新，使自己成為真正的原創呢？當我發現經典調酒本身就是研究不完的巨型文獻，而且還在不斷膨脹的同時，我幾乎不敢說自己發明過什麼自創調酒。

但也並非完全走不出自己的路線，碩大如木瓜的金煌芒果就是一枚充滿無限光明的果實，照耀著台灣堪誇的農業實力。已故的果農黃金煌，利用美國凱特和印度懷特兩個品種的芒果，歷經八年間無數次的授粉接枝等農法，終於培育出台灣種，真正土生土長的金煌芒果。兩度神農獎的黃金煌故去後，高雄六龜依然留有一株「金煌檬果母樹」，台灣從此也成為芒果品種輸出國之一；縱然挪自他方，終究生根吾鄉，不僅是芒果、芒果冰，好似台灣這座島嶼，一直蘊藏著這樣的寓言，正是「日久他鄉是故鄉」。

除了「檬果」，台語的「樣仔」也保留了一定程度的古音，選用這個字，據傳是因為在古代能吃到芒果是一件令人羨慕的事情。地理大發現時代便已經叱吒太平洋西岸，成為兵家必爭之地的台灣，向來是座適宜各種水果生長的豐饒之島，芒果、香蕉、鳳梨陸續被移植上陸，但因為水果保存不易，遲至戰後，冷凍船技術的發明，台灣的水果王國之雅號才得以揚帆海外。當時的荷蘭人就算在台灣種滿了土芒果，也是無法將芒果獻回母國的；那就不只是芒果，在那個年代能吃到海外的任何蔬果，應該都是足以讓人羨慕的人了。

除了郁永河的竹枝詞之外，電影《女王與知己》，由茱蒂丹契飾演的維多利亞女王，就展現過她對芒果的高度興趣。當她的精神導師說起印度的芒果，簡直是天惠人間的珍品時，她便心嚮往之，為此差人從屬地印度，海運「一顆」芒果到白金漢宮。

沒有冷藏設備卻要歷時月餘，專程將芒果從印度運至英國，結果可想而知。茱蒂丹契那雙充滿女王氣度的銳利鷹眼，漸漸由憤怒轉為無奈，她哀弱地望著匣中黑軟腐敗的爛芒果興歎。即使權傾天下，卻連一顆芒果都吃不到，面臨歲月將凋的事實，神所眷祐的女王，感慨著身邊的知己剩下唯一一位來自殖民地的黑皮膚男子，那孤立無援的處境，又有多少人能體會呢。腐去的芒果隱喻了女王的心事，但在被殖民地的眼中，芒果就只是芒果，隨手可得的解渴消暑聖品，吃得到也不算多麼驕傲的事情。

幾次走訪不同地區的果園，雖然都非專產芒果，但那些果園主人多少都已經種出心得了，像芒果這樣很吃產季的水果，「對時」的時候價錢不錯，甚至較其他水果更高一些，同樣的時間勞力成本，能夠有更好的回收；可也是因為芒果成熟的季節，剛好碰上颱風季，稍有差錯，就是血本無歸的遍地落果了。若是產量過剩，就只能放在樹梢、地上任它爛去。花時間去採收那些中盤商也不屑收購的芒果，增添不必要的人力成本、運輸費用，倒不如早早認賠，等待明年夏天。

有一年夏天，我在大阪的超市冷藏蔬果區，看見超市特別畫出了台灣水果區，包括阿里山香蕉、玉井芒果、花蓮西瓜，甚至還有黑葉荔枝等等，售價硬是比隔壁菲律賓產或中國產的貴了二至三倍，除了那看著眼熟的漢字「黑葉」之外，對於台灣的農產品能有這樣的國際口碑，令身在異國的我感到欣慰驕傲。

但餘光一瞄，冷藏展示櫃位最顯眼的那一層，偌大的桐木箱子剛好塞滿一整顆宮崎芒果「太陽之卵」，售價八千日幣。台灣芒果雖然已經是高單價商品了，但「太陽之卵」才是日本人眼中真正的國產頂級品。利用網袋技術，保證每一顆芒果都是自然落果，吸飽了九州宮崎縣滿滿的陽光，完熟後才離開母株的「太陽之卵」，如今是宮崎縣最知名的農產品之一。

細思起來，台灣應該也能種出這樣的高品質芒果，甚至，按照緯度來看，台灣的品質應該更勝「太陽之卵」才對啊。台灣的農業水準世界聞名，各種技術皆占有一席之地，但整個農業結構中該學而還學不會的，則是農產品的精緻化與專業化、產地運銷策略的進步、加工產品的包裝行銷。下田以外的事情，對農人來說困難得多，黃金煌先生也是在金煌芒果問世二十多年後，才赫然想到應該為自己培育出來的金煌芒果申請專利。申請到一張遲來的證書，不僅是為了鼓勵農民投入改種研究，也是教導農民應該要重視自己的研究成果，提升整體農業環境，讓農產品趨向精緻化。

從各種生物培養技術來看，台灣的農業技術絕對是名列前茅的。奈何年年增長的甜度、季季攀升的產量，卻始終無法在島上種出農夫的價值，更長不出一畝讓台灣重拾榮耀的良田。現代人或許都吃得比維多利亞女王還好了，卻失去了她那個時代的生活美感。市場上三顆一百、蒂頭熟得滲出甜膩汁水的芒果，用塑膠袋一裝便是；而我看著果園初開的芒果花，想眼前這一樹點點如星辰的碎花，還要多少時間才能結出肥潤甘甜的果實？三顆一百，雖然實惠，但是否也輕賤了大地的富饒？實惠與精緻之間的步調節奏難以拿捏，但我深信台灣農業總有一天會走出那條路。

所幸，逐日量產上市的「夏雪」，替台灣農民喊了一聲大大的冤。甜熟又不過膩的果肉，讓人愛不釋口，樹枝頭驕傲的紅黃花朵綻放的季節，預告著台灣農業未來金黃璀璨的新章。

【酒譜】

作品名

芒果好朋友
Mango Amigo

- 45 ML芒果蘭姆酒 Mango Rum
- 20 ML檸檬汁 Fresh Lemon Juice
- 15 ML杏仁糖漿 Orgeat Syrup
- 1 Dash安格式原味苦精 Angostura Aromatic Bitters

酒吧｜Bar春花

創作者｜Dale

國民外蕉

捷運站附近，有個販售香蕉的小棚子，店主躲在棚子底下，覷睨著小巷與馬路交叉口的人來人往。天雨不開，天晴太熱也不賣；問他一斤多少，都說只能一枇一枇買，不拆售，還指著人的鼻子說：「我的芎蕉很貴唷，一枇兩百塊，你甘買得落？」生意如何我不知道，託朋友幫我買了一枇回來，不覺香蕉皮已經堆成小丘，剝下來的香蕉全都鎖在保鮮盒裡，稍晚再打成果汁聊充消夜。

明天就要南下採訪了，有很多行前準備不得不事先安排妥當。包括吃吃看這種自種自銷還趾高氣昂的昂貴香蕉，究竟有什麼了不起。聽朋友說，那位老闆真的自負得不得了，旁人瞧著我朋友在棚下挑香蕉，恨不能湊上前去要他別受老闆的鳥氣，買這些貴得離譜的香蕉。但始終是住口了，結下擋人財路這種家婆怨也未免太不明智；那些有口難言的人說，他們都是等我朋友拎了一袋香蕉之後才敢趨前去跟他說實話。

然而，小棚子賣的香蕉的確很甜，沒有糊爛的水分，口感十分紮實，有糯米糰子的咬頭；綿軟的香氣還不斷地從金黃色的外皮飄散出來；不顯一點瑕疵的外皮，果真根器不凡。但是，再怎麼好看好吃，對一般人來說，不過就是根香蕉；斷食減肥的人用它排便兼補充能量，貪圖甜度高、卡路里卻偏低的特點之外，容易氧化變黑的香蕉過了產季就被打入冷宮凍起來，養分和身價都掉了不只一半。

很多香蕉口味的甜食，都是依賴化工合成出香蕉的氣味而已。頂多能製成乾燥的香蕉切片，或是濕軟的香蕉果醬，但這些香蕉加工品都不常在市面上見到，產量也都比其他水果少，不難推測香蕉過剩所造成的成本與產銷問題，遠比其他水果還來得嚴重。

新鮮香蕉入酒，要注意杯中酒液很快就會因為香蕉的氧化而變得黯淡。為了讓香蕉成為調酒的主角，而不是香蕉戴克瑞、香蕉莫吉托、香蕉卡琵莉亞那些替換口味的伎倆，上個月就聯絡到古坑鄉的產銷班長，幫我找一些願意受訪的蕉農，想聽一下老前輩的意見，順帶也記錄他們和香蕉的情緣。

台灣香蕉的全盛時期有四十萬公噸的產量，當年很少有人想到要加工處理，技術也不純熟，無法牽動其他產業來支援，收成好壞都由蕉農一人承擔；不易保存的香蕉過剩現象，愈演愈烈，到頭來蕉園蕉村，四處都是紅頭果蠅亂竄亂飛。如此嬌貴的水果，卻得用低賤的價格拍售出去，只能用晚景淒涼來形容了。

蕉棚逆勢操作，想建構高單價又美觀的香蕉新市場，卻除不掉香蕉本身黑斑點點的樣態，早已在人們心中烙下果液軟爛的印象；在水果攤頭看到金黃結實的香蕉，卻還是會想起那一根根吃不完又不能放冰箱，結果在餐桌上黑成一灘腐水、果蠅爭食的難堪場景。

在我見到蕉農之前，我想像著，香蕉市場大概就是這麼亡掉的吧。

客運下交流道的時候，視線全都被果樹占據，綠色隧道有芒果、葡萄柚、柳丁這些高矮錯落的果樹；甚至是鳳梨田，那張揚狂妄鳳毛般的鋸狀葉片，少說也有半個人那麼高。

交流道旁都是果園，沿路插滿了不同風格的觀光農莊看板；然而光看農莊的名堂，應該是歐式咖啡農莊占絕大多數，彷彿滿古坑的農人自從咖啡飲用頻率幾乎到達「國民飲料」的地步之後，全都把農地掀翻起來，改種咖啡了。

在車上連吃了兩根超商賣的香蕉，訥訥地有些罪惡感。披著塑膠包裝，看起來缺乏生氣，一個飲食業相關的人，怎麼可以落得這樣沒格調地吃冷藏蕉呢，尤其還是在要親見蕉農的早上。萬幸的是，至少我吃的還是屏東蕉，而不是菲律賓，甚至瓜地馬拉蕉。支持台灣農夫的行動，藏在選購的細節裡，每日，多看幾眼手中的商品標示，就能做出對這片土地更好的選擇。

受訪的蕉農一家人，姓張，全家都投入種蕉事業的他們說，現在最好的生意對象是日本人。日本人來談契作的時候，為了證明他們日本人吃香蕉的功夫，已經專業到發展出各項周邊的程度，特地還帶了當時剛剛發明完成的攜帶型香蕉塑膠盒。現在很多日系百貨都買得到那種盒子，唯一的缺點是，內銷的香蕉通常都奇形怪狀，不是太彎，就是太長，往往不能剛好塞進塑膠盒中。

很多蕉農知道日本契作的香蕉，厚屎厚尿一堆檢驗，層層關卡就只為挑出最頂級的那幾百串，每次收成都如臨大敵，很不習慣；反觀台灣內銷的中盤商一簍一簍、一箱一箱直接擔走，多麼爽快。趕著收錢的蕉農於是多半選擇跟自家人合作，也比較好講話。

張家蕉農住在永光村，他們看多了香蕉市場的興衰移轉，與其等到果熟肉爛才呼告天下搶救蕉農，不如少賺一點能銷則銷。以前永光村的香蕉農地是放眼望去無邊無際，現在左邊挨著檳榔，右邊磨蹭咖啡；綁手束腳地雖然還有千噸產量，但張家人知道，現在的農業品質掛帥，走精緻化，所以當日本人提到兩顆索價台幣一萬的芒果，希望張家也能搞出這種夢幻香蕉時，張家稍微估量了一下可行性之後，便答應長期提

國民外蕉

供日本人香蕉。

日本人想吃香蕉的季節，都集中在二、三月份，那時候台灣沒有產量可以提供，但菲律賓有。菲律賓的香蕉是由南美等國，投注大量資金而興起的粗放式農業，種出來的香蕉不必經過糖化的等待，又黃又大，香蕉皮上也不易長黑斑，先天優勢強壓過台灣蕉太多；但實際走訪日本，台灣蕉的價格是菲律賓蕉的兩倍左右，品質與口感的勝出，讓台灣蕉還能繼續在日本保有市場基本盤。

只是台灣的後天農業環境遭逢人為變故，往昔獨占日本市場的榮盛，早已江河日下，一去不再。

鄰居阿木伯接著說的，就是那場鋪天蓋地的剝蕉案始末，因為現場唯有他是親身經歷過的。他老人家的開場白很多，首先他說的是旗山的「蕉農前鋒」芎蕉廷仔，然後是大家耳熟能詳的「香蕉大王」陳查某。

最後才是我想問的，關於「蕉蟲」吳振瑞的故事。

芎蕉廷仔本名盧廷，他的身家號稱可以領光農會所有的存款，讓農會倒閉，足見坐擁百甲蕉園的他，同時也占有全台灣農產所得極高的比例。當時蕉農賺的都是外匯，老蕉農阿木伯在古坑住了很久，但他說以前旗山才是真正的「蕉城」，古坑這一小叢根本不夠看。年收六千元的公務員如果是鐵飯碗，走進蕉城看看，年收二十餘萬的蕉農就是金飯碗還鑲鑽的了。

阿木伯對盧廷讚譽有加，日本人會聽他的跟他買香蕉，就是他為人誠信。其實契作沒有什麼撇步，就是照聘照走。阿木伯說，日本人一板一眼，給錢的時候也絕對不會偷斤減兩的。

我想這跟阿木伯走過那段日治殖民的歷史有關係，我借阿木伯的客廳桌椅寫筆記的時候，他在一旁聽日本歌，時不時哼上兩句，呷兩口菸，然後攤開報紙，罵現在的治安敗壞、政治崩盤。以前不要說古坑，就是在大稻埕夜不閉戶，都是可以的；政治更好，大家都有很強烈的愛國心、凝聚力。

台灣香蕉很早就在日本有不錯的名聲，實際上明治時代的日本九州門司港，流傳著一首〈拍賣香蕉歌〉（バナナの叩き売り）的民謠，至今唱誦不輟；歌詞中唱道：「バナちゃんの因縁を聞かそうか、生まれは台湾台中の、阿里山麓の片田舎。」翻譯過來即是：「要聽這香蕉怎麼來，就是在台灣台中，阿里山麓鄉下地方生長的唷。」當時內銷回祖國的台灣香蕉，多半已經有黑斑甚至熟過了頭，於是商人想出這種半唱唸的叫賣方式，從高價開始往低價喊，會說明香蕉的來歷、渡海的辛苦和滋味

的甘美，用以吸引客人趕緊出手下標買那些軟爛的香蕉。

這也是我苦思許久的問題。香蕉入酒的難度，在於香蕉的口感；一般喝酒都希望喝到比較順口的酒，如果加入真的香蕉，那黏軟的口感勢必造成某些人的障礙。即使是用果汁機攪打的方式製作，其香味依舊遠不如用人工香精調和成的香蕉糖漿、香蕉香甜酒。

阿木伯跑野馬的時候，我就想自己的香蕉酒譜；他對香蕉真的是有一份愛，我估計這些故事他應該很常掛在嘴邊，只是斷斷續續地把他平常閒聊的那些贅事也都拉拉雜雜加在一起。

「你自己看，咱古坑現在都種啥？」

古坑現在種的，不是咖啡，就是柳丁。

「古早就是這款！講不聽！」阿木伯年輕的時候到處奔波，跟不同的農人談合作，要農人們一起打造完整的產銷通路，不要給中盤商人賺走。可是呢，今天東家種香蕉賺錢，種青菜的西家明年就會鋤地翻作香蕉園；西家為了搶東家的生意，跑去給中盤商打臉，自動降價五毛也甘願；中盤商奸詐一點的，就去勒索東家，要求他們降兩塊。每年都會聽到的高麗菜產量過剩，就是出自這種背景。

阿木伯像個說書人一樣，強調這香蕉外銷的最後一頁歷史，金光閃閃，一代蕉神青果運銷社主席吳振瑞，一夜之間變成刻薄剝削農民的蕉蟲，滿城風雨地報導他怎麼賄賂官員，打造金盤金碗，送到部會首長的辦公室。

阿木伯說，吳振瑞是無辜的。

但是在一旁聽故事的張家蕉農則認為，吳振瑞再無辜，也是既得利益者。

「剝蕉案」是這個事件的暱稱，當時被懲處的名單中，官位最大應該是中央銀行總裁徐柏園。傳說吳振瑞送了金碗給官員，理他的香蕉通路，當時黃金受到中央政府控管，不可能私有收送買賣，所以當局就把吳振瑞的案子辦了起來。阿木伯則覺得吳振瑞和徐柏園都是被栽贓的，原因很簡單，阿木伯認為他自己沒那麼笨，被人家賣了還幫人家數鈔票，吳振瑞這些人暗賺多少，蕉農都很清楚，而且當時蕉農的收入是最鼎盛的黃金年代，自己收成好，讓別人賺一點不能算貪污；反倒是吳振瑞被搞下台之後，日本人失去了一個有誠信、有買賣標準的中間人，香蕉外銷市場就慢慢被中南美洲的洋人集團給騙去了。

但張家卻認為，金碗是真，青果合作社當年真的有打造金碗金盤，在那個什麼資訊都不公開的年代，吳振瑞怎麼把金碗送出送入的，無人知曉。到頭來還是蕉蟲太貪婪，收一點香蕉就想要要賺百倍，樹大招風，被搞死是很正常的事情。

「而且不講貪不貪污啦，當時不可以買賣黃金耶，戒嚴耶，犯法被抓，也是天公地道啦。」

「那有誰看過金碗是生作什麼碗糕型？是圓還扁？」阿木伯卻說，什麼金碗金盤等等的，大家都沒親眼看過，繪聲繪影就給吳振瑞判刑。就算真的有，那一定也是合法管道取得的。吳振瑞這樣的人物，是萬萬不可能誤觸法律的：「吳振瑞不想用李國鼎他們家的紙箱，就被這樣胡亂栽贓啦！」

說的是當時經濟部長李國鼎的弟弟，想用紙箱代替竹簍，包裝外銷用的香蕉。但蕉農覺得紙箱不符成本，吳振瑞也就不肯配合李國鼎兄弟的提議。老一輩的蕉農認為，擋人財路殺人父母，這才是吳振瑞的死因。

像香蕉這麼一個當時奇貨可居的農作物，能盼到老實的農人和誠信的中盤商是台灣蕉的福分，在日本打響名聲，與稻米蔗糖三分農產外銷的天下；但可惜這個福分不夠綿長，被捲入政權的惡鬥、官商掛勾的弊案，香蕉的黑斑點愈來愈大，純金變黑金；又適逢全球化農業的衝擊，什麼蕉王蕉神，就一一隕落了。

關於台灣農業，還有許多不堪，剝蕉不過是椿沒幾個人聽過的遠古寓言。

吳振瑞晚節不保，回到台灣想澄清當年的冤案卻泰半死無對證；陳查某身後不能入土為安，子孫為了爭產，不惜對簿公堂，風風雨雨牽扯了許多年。

大概只有苪蕉廷仔的後人，安居在南部當議員，算是碩果僅存的了。

告別兩家蕉農，離開古坑，我帶著關於香蕉的片段前世，回到台北，打算再細細品嚐那保鮮盒裡沒吃完的香蕉，聽聽蕉棚老闆對於「剝蕉案」有否不同的看法。一枇兩百塊錢的香蕉，裡頭應該還藏著台灣蕉農消逝已久的驕傲。但好景不常，那售價昂貴的香蕉，很快就消失在蕉棚裡，取而代之的，是價格實惠且尋常的台中蕉。

至於要怎麼把香蕉入酒，除了我以前慣用的搗壓法之外，張家蕉農倒是給了另一種方法。那是產銷班家政老師提供的概念，只是還沒有人試過：取一個玻璃缸，把切片的香蕉丟到缸裡，然後一層香蕉一層糖，醃三個月，用滲出的香蕉糖水來調酒。這跟我的搗壓法很像，只是我的搗壓法是把半根熟蕉加一匙糖搗壓，再加45ml日本壹岐娘的麥燒酎，Shake後倒入可林直杯，像果昔一樣的口感，軟糯可口。但為了實驗產銷班的調法，我還是買足了一斤香蕉，每日對著玻璃缸癡癡翹望，期盼著兩個月又二十九天後的開缸，像蕉農等待香蕉榮景的重臨一樣深情，以記誌台灣曾經的黃金歲月。

【酒譜】

作品名

金蕉費斯
Banana Fizz

- 50 ML小米酒
- 20 ML馬里布椰香酒 Malibu
- 30 ML香蕉糖水 Banana Syrup
- 15 ML 萊姆汁 Lime Juice
- 搖盪後加入台灣啤酒
- 鳳梨葉、稻穗、香蕉一片

酒吧｜高雄Hotel Indigo Pier No. 1

創作者｜駱宜婷 Cabio

正宗雞尾酒療法

確診的時候，我倒是沒有那麼驚訝了。

至少有半年，都沒好好睡過一場覺，併發各種換氣過度、焦慮、恐慌、失眠等複雜症狀的自律神經失調，聽說已經是新世紀的通病，潛伏在都市人的幽微心靈世界裡。我起先只是被診斷為一般的失眠，誤吃了許多只管睡不管修護神經的安眠藥，平白無故多做了好幾場白日夢。

看過《全面啟動》嗎？夢的裡面還有一層夢，醒來，再醒來，然後再醒來的那種感覺，好像從一樓瞬間爬到二十五樓而且一口氣都沒喘的那種累。

剛開始不懂這種累是怎麼來的，後來吃了第一位醫生開的藥，大概躺在床上半個多小時左右吧，就感到一陣虛浮，人不斷往下墜。有時候，有些人，會在這個時候猛然地全身抽動。大腦皮質層先昏迷了，但身體的肌肉還跟不上神經的弛放，誤以為自己摔下樓，手腳跟著亂撈一陣。

而我確實是每晚都摔進夢裡，被甩進一層層夢裡，而每一層夢卻又像一張張不通風的透明膠膜，我被封在裡頭，找不到醒來的出口。

很快的，我的精神不濟，已經影響到日常工作了。

人們說是調酒師的日夜顛倒，讓作息錯亂。可是這個理由實在又是一種過度牽強的偏見，一個從踏入社會就已經晝伏夜出的人，他的作息就是月出而作，月落而息，這哪有什麼顛不顛倒的問題呢？縱使向傳統中醫借用日精月華、肝膽經絡的理論來解釋我的失眠，卻無法說明，為何我可以連續一週，每天都只睡兩個小時，眼睛一睜就闔不回去，只能死屍一般在床枕上癱軟地回顧這兩個小時的夢境；他們更不能解釋，好不容易睡回去的我，為何又會不斷感到呼吸窒礙，宛如隨時會溺在淺眠的夢境裡。

有人靠著速度不快的慢跑，調節呼吸，放鬆大腦皮質；也有服用更多錠型健康食品與藥物，勉強可以熟睡的案例；更聽說有的患者拾起戒斷多年的癮頭，用吞雲吐霧的頻率，化解了換氣過度症的不適。

這些方法我都試過了，慢跑是愈跑精神愈好；助眠藥物吃得強就無法工作；不抽菸的我甚至還買了一包菸，只抽出其中一支，剪斷前端的菸葉，透過濾嘴來重整我的呼吸。雖然都能稍微減緩呼吸的急促，可是我找不回安眠的節奏，更找不回無夢的睡眠。躺在床上，兩眼瞪著天花板發呆，直至天明。萬幸地受到睏仙眷顧而睡著了，卻要面對無止盡的夢的循環與輪迴。

這場病，讓我深切地感受到人類的脆弱與渺小，就連平時不燒香的我，也願意走進廟裡尋求心靈上的平靜。不過，那當然也是無效的。倒也不是神佛不夠靈驗，我歸咎是自己誠心不足，臨時抱佛腳如果有效，那信仰也未免太廉價了。

尋遍所有聽過、別人成功過，乃至於醫生推薦的各種輔助睡眠的辦法之後，我給自己定名，我應該是得到一種非典型的自律神經失調，頑強一如我的性格。最後還是投降了，請醫生開了新的劑量，我用夜間工作時的渙散，換取日間睡眠的安逸，才能在漫長的失眠與多夢之中，稍稍獲得喘息。

我當然也擔心藥物依賴，更不願讓多夢的症頭變成吃藥的癮頭，所以除了一邊定時服藥，我決定配合自己熟悉的治療法，要與錯亂失調的自律神經共處。

轉念一想，我不是還有真正的「雞尾酒」療法！

對，就是喝酒，喝雞尾酒。看是喝安眠的D.O.M，還是鎮魂的御神酒，或者請出艾碧斯的瓶中綠精靈，拜請酒神，將我的焦慮送到遠方巴克斯的慶典上。

由於職業需求，在診所做了一些審慎的檢查與鑑估，服藥一陣子後，主治醫生准許我喝酒，我才開始用自己的方法救自己。

我在許多公開場合或是課堂上都講過，我平常不太也不愛喝酒。我的職責是調給別人喝，不讓味蕾沾染太多酒精，才能確保每一毫升的精確度；我的酒量奇差無比，我如果要灌醉自己，大概一杯黑色俄羅斯就可以搞定。考量到我的易醉體質，或許可以在微醺的醉意中搆著那模糊飄渺的α波，隨著宇宙的浪潮，將自己安置到無夢的深淵底。

那就出去喝吧，當作見習其他調酒師的手腕，也是不錯的選擇。如果是我自己來調，那難免又要陷入思索酒譜與挑選酒材的迷障之中，出去喝別人調的酒，才能真正舒放身心。

我曾經因為前一晚調了三十多杯臨機應變的特調，當天就夢到放了兩百多支各國琴酒的酒櫃，整櫃往我身上壓；被壓倒的我掉入地板裡，地板陷進六樓去；六樓是一個超大型水族館才有的那種展示魚缸，不會游泳的我，在養了各種鯊魚海豚魟魚海龜的魚缸裡掙扎；因為掙扎而被我打破的魚缸，其實是流理台上的一個母親很喜歡的玻璃杯，母親沒有罵我，她摸著我受傷的手，手裡流出了如柱的血；血漫漶成一場砂石車輾壓機車騎士的死亡車禍，貌似腦漿的黏稠物體灘在地上；妻子打開房門說，貓兒吐了，吐出一坨粉色黏稠物；妻子再度打開房門，說八點了要遲到了；妻子三度打開房門，說教授點名了；我已經坐在教室準備好期末考，鐘聲一響，妻子打開教室門，說……。還差一點點，我就要在夢境裡自殺，好讓自己永遠不要再做夢了，但沒想到刀子往脖子上一抹，噴出來的居然是六種顏色的彩虹，然後我正在替我的同志朋友們舉辦一場結婚酒會，酒會上我調了三十幾種不同的琴酒特調。

當我真正確信自己醒來的時候，天空正與我睡去時一樣，一色深邃的黑。長時間的動腦加上過重的劑量，導致我整整昏死了一天。

決定出去喝之後，也沒有多想什麼，就往離家不遠專賣琴酒的發琴吧走去。所有基酒當中，最讓我傾心的就是琴酒，還有什麼比去一間專賣琴酒的酒吧喝酒更適合我的！

「更何況我年初就搬到這附近了！」我對發琴吧的主人兼調酒師Perry這麼說，也略為提到我想喝他的琴酒特調，讓自己的精神不要那麼緊繃。只是當時沒有那麼誠實地把我的病況攤在吧台桌當下酒菜，我保守地說：「最近睡得很差。」

「睡不好嗎？那就試試看新品吧。」

語畢，他選用了鬥牛犬的琴酒，做了一杯琴湯尼，最後還丟了幾片乾燥的蓮花，浮在琴酒的泡沫上。發琴吧古意橫生的店內裝潢，師法樓下的中藥鋪一條街，他從酒櫃上抓藥，幾錢幾兩，胸中自有算數。蓮花荷葉具有安神功效，Perry是大稻埕的藥師。乾燥的中藥材，浸潤在酒液裡搖盪，充分讓藥材的香氣與琴酒獨特的酒味融混在一起，是他最常運用的技法。各式香料與藥草，在他手裡都能和琴酒配得無縫。他就像個躲在大稻埕老街屋三樓的巫醫，握有千年不傳的祕方，每個討酒的人，毫無知覺地就把苦口的藥給吞了，縱使沒病，也肯定足以強身。

我選擇發琴吧，當作我對抗自律神經失調的實驗室，畢竟將酒做為藥物，早不是什麼新鮮的構思，除了起源於祭祀，酒跟醫藥向來密不可分。自古修士釀酒強身、道士以酒養生，就連不喝酒的和尚，也有一條「除有重病非酒莫療者，白眾方服，無故一滴不可沾唇」的法外開恩。雖然把藥材直接泡在酒裡喝，並不能達到三碗煎一碗的那種傳統療效，但搭配得宜，連日服用，相信多少還是能吸收到酒與藥的交互作用。

為了醫療而誕生的琴酒，除了以杜松莓（Juniper Berry）做為主要原料，亦不脫各式花草藥材，京都的山椒、冰島的大黃，還有泰國的香茅，純飲即有鎮熱利尿的功能，加上這些草藥，也不曉得是不是心理作祟，喝完琴酒的當天晚上，雖然沒有特別好睡，但是飲酒後的通體舒泰，的確讓預備入眠的時間縮短了。或許我還是有信仰的人，用琴酒做媒介，溝通我與酒神的密契經驗。或許有一天，白河就能做出蓮花自己的琴酒了。

我就這樣藉著地利之便，以及對琴酒的熱愛，跑了幾回發琴吧；都沒有向Perry明講我的狀況，只是反覆強調關於睡不好這件事情，他換過幾回不同的中草藥，也用了不同的琴酒呈現，剩下的就是我用肉身來親嚐百草，體驗這些花花草草對自律神經的療效。

發琴吧專以中藥鋪的多寶格做為裝潢特色，三樓充滿清代老台灣的格調，隱約可見到雕花與花步間錯藏在天井、牆壁，甚至杯墊上；四樓則是仿造京都町家的風格，做出了偽格子窗與假土牆，時光逆流來到日治的台灣。而這樣充斥著彷彿我的前世的氣質的店，正是療我心憂的風水寶地。

夢還是夜夜發作，但夢的內容漸漸聚合起來，我夢見，自己走在流淌的琴酒之河畔，掬一口琴酒，暖意散到臉上來，眼睛微微張開，簡單俐落地醒自一層紗般的薄夢，我愛的與愛我的人們，還有調酒事業，清楚地在我眼前露出了粲然的笑容，而我，終有一天，可以不再迷失於夢的迷宮，獲得與常人一般的優質睡眠。

BULLDOG

【酒譜】

作品名

琴湯尼
Gin Tonic& Bulldog

- 60 ML鬥牛犬琴酒 Bulldog London Dry Gin
- 150 ML英倫精粹原味通寧水 London Essence Co. Classic Tonic
- 龍眼乾、黃檸檬圓片、食用花

酒吧｜發琴吧Ginspiration

創作者｜Perry

京都季後賽

那年夏日，我追著此季最末之美，追入了綠意蓊然的山阿之間。

不遠處的島國日本，釀出了自己的國產琴酒銘柄。消息傳出來的時候，台北各家酒吧與調酒師們，都比我更早看見關於此季的奇蹟，這波浪潮備受矚目，因為這也意味著不久的將來，東方世界勢必會找出屬於自己的調性，同時會有更多奇特的材料與想法，被加到琴酒的釀餾過程中。

一戰前後，尋求日不落的成功藍圖，又同時將大英帝國視為假想敵的日本，遠拒陸地王朝，隔海獨立，早早拓展出一種不同於大陸性格的海人風尚。戰國時代便樂於嘗試佛朗基的紅酒、南蠻來的燒酌；近代風行國產威士忌，從北至南開設許多威士忌廠，紅銅肚皮的大蒸餾鍋與傳統日式酒藏的木樽箍桶並耀光輝。何其有幸，今日我也能見證日本國產琴酒的第一波浪潮，喝到十多種不同的日產琴酒，莫不是多生累劫修來的酒緣。

本來只是計畫去山崎蒸餾所，認識日產威士忌的釀造始末，了解一下日產威士忌的優勢與短處；結果機票買好不久，日產琴酒的消息迫使我改動行程，決定先去京都喝到日產琴酒再說。我在國外喝酒的方式，主要是去一些調酒師朋友去過的酒吧，按自己薄弱的酒量，略略口沾品嚐後，就把整杯酒送給同行的友人們解決；不然就是去國外的酒類專賣店，用對我來說比口語對話還更簡單的酒類英文，自己在原文瓶身查找訊息。其實慢慢能感受到，如今已是個不再有知識高牆的時代了，如果還有人認為自己被知識分子用高端知識霸凌的話，建議那些人應該去學著使用GOOGLE。除非是礙於語言的因素，許多酒界的專業知識，多半都能在網路上找到相關介紹，要養成一個鍵盤調酒師，說得一口好酒，實非難事。

這趟京都行，就我自己一人，怕浪費了調酒師的心血，所以沒去酒吧喝；也還來不及去御池或四条大宮的酒類專賣店やまと或リカーマウンテン，就在一次晚餐時間，誤闖了大型百貨公司地下街，意外發現一處桃花源。百貨公司地下街的賣酒專區，正在推廣京都琴酒，而且銷售員很樂意讓客人試飲，特別是推廣中的新品。那天我就在地下街充斥著壽司現折五百、鮮魚半價的吆喝聲中，試喝了四種當年最新的日產琴酒。京都琴酒的口感帶有清香，精進料理般點到即止的禪趣，讓人不小心就罔顧禮儀多喝了幾杯。差點，差點沒有跟那些關西腔大嬸一起搶購壽司生魚片來下酒。

二〇一七年，或者說，那是平成二十九年，春四月，來自鹿兒島的國產琴酒「和美人」，以金桔、檸檬、生薑、月桃、紫蘇等多種南方素材，打造出口味層次斑爛、和風與洋韻交融並存的典範。傾國傾城的形象，順著近代日本洋風現代化的北漂路線，「和美人」向北一顧的回眸，掀起了日本國產琴酒的戰國時代。

五月，竹鶴政孝在北海道創立的一甲威士忌酒廠，接下戰帖，順勢推出「一甲連續蒸餾琴酒」和「一甲連續蒸餾伏特加」，有別於南蠻作派的「和美人」，一甲極簡的選材，追求純淨但是醇厚無匹的口感，一如北方人耿爽的性情。單用山椒和柑橘，提淬出琴酒的本色，彷彿無招勝有招，不變應萬變。

至此，日本國產琴酒市場可以算是南北爭輝了，經典酒款琴湯尼、馬丁尼裡那些琴酒，全都調成了和風口味不說，自創酒款更是夜夜都有首發，從日本水果用到南國香料，相關酒譜多到讓人不得不詫異尊重傳統的日本人，調起酒來居然有這麼多絢爛的玩心。

而這次琴酒的大流行無休無止，迎來夏日不久，效著倫敦琴酒孤高深遂的性格，酒標上那枚遒勁字體，透露出豐沛的歷史厚度，三得利的「六角」問世了。返璞歸真

的六種主味，櫻花與葉、煎茶和玉露、山椒、柚子，按四季之采風，餾出了純和式的狂潮。三得利的創辦人鳥井信治郎，剛好就是竹鶴政孝的好友兼對手，這場超過一甲子的競賽，在國產洋酒雙雄身後，依然不斷地繼續延長賽。這次沒去成山崎蒸餾所，卻還是喝到了他們的「六角」。

等到八月，以為三足鼎立是天下情勢之必然，我卻還能趕上京都蒸餾所釀出「季之美」。那就是地下街酒品銷售員推薦給我的第一支日產琴酒，他還強調他手裡正要斟給我試喝的是「季之美」的京都限定版。

仿漆器的純黑瓶身，勾上蒔金工藝般的刷金圖樣，那是一六二四年創業於京都嵯峨的紙鋪「雲母唐長」所設計的唐紙圖樣，京都百年老鋪跟設廠於京都的「季之美」合作，理所當然的推出了京都限定版、能劇版、勢版、抹茶版等各種不同風味的京都琴酒。命題被更精確的味覺鎖定方向，不僅僅是日本國產琴酒，而更是京都地元琴酒。

這就好像某位研究京都的觀察家說過的名言：「日本只有兩種人，日本人，跟京都人。」

顯然很知道日本的酒客正在期待什麼，「季之美」把酒材盡可能地限縮在京都的產物之上，還動用了跟月桂冠一樣的伏見名水，根據酒材屬性之不同，給每一種原液都各取了一文字的代稱，分別是：「礎、柑、茶、凜、辛、芳。」

杜松檜木與鳶尾的礎；柚子和檸檬組成的柑；宇治老鋪的八女玉露茶；山椒與木芽散發的京料理之凜；東方生薑的香與辛；竹葉和紫蘇連袂演出的淡然芬芳。活像卡普空的電玩《戰國BASARA》，放大絕的氣勢，果然奠定了日本國產琴酒銘柄的根基。「季之美」以後的日產琴酒銘柄，不管是廣島用牡蠣殼釀製的「櫻尾」、以泡盛起家就乾脆把泡盛製成琴酒的「まさひろ」、製作本格燒酌的傳藏院藏用米燒酌當基底的「樹樹」……，喝不完的不是琴酒，而是總有讓人眼花撩亂的各地名產亂入琴酒的釀餾過程，簡直可以畫一張用琴酒認識日本的地圖了。

拎著「季之美」，離開百貨公司，晃蕩到鴨川，揀了一間有納涼床坐席的店家，點一份夏季限定的狼牙膳定食套餐。店家也有純飲的「季之美」，我點了一小杯，迎著鴨川的河風，思索這些日產琴酒背後所代表的產業能量與文化認同。維持了兩千多年至今不墜的國度，她憑靠的是什麼？僅僅是近代軍國主義的拓張，如是膚淺的理由嗎？我從一個凡事萬物講究舶來品、外來和尚會唸經、外國月亮比較圓的華人世界，來到一個國產牛國產米國產茶國產酒都貴到有錢也不必然買得下手的國度，這兩者之間的衝擊，對我來說太劇烈了。

隔著納涼床眺望鴨川，望著四条大橋，整修中的南座被藏在鷹架裡。偶然一瞥，橋上正走過一位藝妓打扮的人。不知道是觀光客的扮裝，還是正牌藝妓，我想通了日產琴酒可能來自於一種對傳統文化的偏執，而且這個偏執是上行下效，舉國一同的。那麼，日本文化能這樣所向披靡地深入世界各地，也不是什麼令人意外的事情了。

藝妓正在消失，夜晚的玩樂模式不再時興那種居高傲下的附庸風雅，可是京都各地花街卻每年都能培養出新的舞伎，總有些人前仆後繼，維持這項傳統不輟。建構在慾望之上的行業，可以粗暴地用道德觀去批判，也可以用細膩的藝術之眼去探索，而兩種不同角度，勢必帶出不同的結果。這也是為什麼日本藝妓文化被延續下來，並且走出黑夜，走到太陽下，參與神社祭典，以自己的舞藝歌韻，奉獻給神明；而這種以色事人的產業，在其他國家卻走入糜爛沉淪的聲色娛樂中，被打入背德的地牢裡，從此與陽光絕緣。

微醺告解室離條通很近，有時候我甚至會走到那裡去買消夜。因為我收吧關燈的時段，也只剩那裡還有消夜。而當我走到條通一帶，我看見的不是什麼皮肉生意、什麼逼良為娼。（逼什麼良？娼就不良？君不見賣口香糖與乞兒都是在哪裡拿到千元大鈔還不用找零的？）我看到的，是一個或者說數個產業不被正視，沒有納入政府規範，放任業者啃食利益後的破敗景象。

我調酒班的學生裡，有人曾踏足過大班和經紀人的領域，他說，業界最壞的做法就是餵毒，不管是偷偷下藥在飯菜裡，還是使出激將法來慫恿，甚至拿刀架著脖子灌毒品的，都有，總之就是要加強小姐的依賴性，不讓小姐太早把自己的身價贖夠走人——事實上，我的學生說，肯拚肯幹的小姐，半年內就把錢賺飽還能贖走自己的，絕不在少數，而且都還是不用出場，在桌邊負責倒酒陪笑就可以了。小姐如果流動太快，大班就要重頭培養新的一批小姐，為了不要讓小姐的流動率太高，餵毒就成了最下賤但也最常見的手段。

上癮又上工，卻賺不過五年左右，隨時都有被退役的危機。那種餵毒求速成的大班和經紀人，肯定也不會想多費心思在年華老去的小姐身上。後來浴火重生的小姐曾經說過，如果五年前想得到會有今天，那是萬萬不可能落海掙錢的。換言之，從來沒有任何一個小姐，或是俗諺中的「娼」，沒有人是真的因為她的本性如娼而來討生活。

我無意討論性專區的是否應該設立，但我肯定這種事件既然一直存在於條通以及更多台北天龍人看不到的中部舞廳、南部遊藝場，那我們便不能將之視為黑夜的必然之黑，躲在陽光下，避諱談到任何關於夜的成人童話。這就是我認為，政府應該適時適地，介入民間行業的其中一個原因。我甚至天真地想過，既然條通是國際知名的花街柳巷，為何政府不直接在條通舉辦酒店文化節呢？大可以介紹一下江山樓、東薈芳、春風得意樓、蓬萊閣的歷史，請文史工作者聊聊台北性產業的始末。與其羞辱式地被日本人出版《極樂台灣》，倒不如自己發行書刊，更能周全翔實，用更健康的態度記錄台灣的性產業吧。

該管的不管，反過來說，不該管的就亂管一通。

譬如釀酒工廠的法規。

在我前一本書《微醺告解室》有提到，台灣的食品工廠法規，雖然在眾多食品工廠設置法規外，另外設立了一條酒產製工廠設廠標準，但酒廠設廠標準的前幾條，就限定酒廠必須設置在工業區或者丁種建築物區。一般工業區或食品加工區的空氣與溫度，都是不利於釀製酒類的，也就是說，除非今天所有台灣的製酒業者一起把整片工業區吃下來，打造對麴菌友善的溫濕環境，否則，什麼用名產引名水的釀酒遠景，永遠都只是幻夢一場罷了！

反觀日本的釀酒廠，總是可以踞住得天獨厚的好風好水。像後來我還是去成了山崎蒸餾所，占地不大的蒸餾所面朝淀川，依傍著山崎山，處在一個山坳處，溫度濕度宜人，當然也很宜麴菌發酵。

三得利不是第一個據守在山崎的人，戰國時代的終末，明智光秀在京都本能寺刺殺織田信長後，就是逃到這個地方，坐困於此，一面防禦著還沒賜姓豐臣的羽柴秀吉，一邊試圖要聯通織田家的仇敵，徹底瓦解織田與豐臣的勢力。山崎之戰的古戰場，如今最知名也誘使最多觀光客下車的景點，是提供大家醉臥沙場的山崎蒸餾所。果真是古來征戰幾人回，唯有飲者留其名，明智光秀萬萬想不到他的挫敗、絕命之所，對觀光客而言，尚不及山崎威士忌的威名遠播！

像山崎這種藏在山明水秀之地的威士忌蒸餾所，從北到南還有余市、宮城峽、山櫻、秩父、白州、信州等等，而且絕大多數分布在富士山以東以北的山區，飽含山林之氣，難怪能孕育出日本威士忌得天獨厚的風韻。

而這還只是威士忌蒸餾所，其他像清酒、燒酌、琴酒的釀酒工廠，也都是擇處適合釀餾的地方，而不受到不切實際的法規限制。就更別說法國香檳區、干邑區的酒香四溢，在台灣如此不通情理的法規束縛之下，很難想像一個縣市靠釀酒相關產業就能撐起泰半財政的世界。

在日產琴酒浪潮過後，如果台灣想釀出更好的琴酒——實際上台灣也有自己的琴酒了，但顯然還需要再台一點——勢必要有人願意挺身而出，去修正不合理的法規條文。

此題難解，我也只能圖一醉了。琴酒癡狂分子Soso哥的Siderbar，剛好都有那幾支日產琴酒，而且持續增購中，上他店裡找他，喝他當空中飛人買回來的各國琴酒，我們對飲了幾杯SHOT，恍惚地交換起在京都追琴酒的故事。我說，幸好我的酒量差，四支日產琴酒才喝幾口，踏出百貨公司的腳步已經有點蹣跚了。那我也就可以不再想那麼多，好好地努力嗅聞這瀰漫在京都夜空中的乙醇了。

Soso哥苦笑，是啊，聖賢寂寞，做個飲者，多愜意！要追上京都的腳步啊，試問台灣有哪間釀酒廠，在這條不算康莊但至少筆直的琴酒路上，還看得見京都的車尾燈嗎？

我忍不住得停筆，因為我知道，此季過後，京都肯定又要推出新的琴酒了。

【酒譜】

作品名

源氏－宇治
うじし

- 45 ML季之茶琴酒 Ki No Tea Gin
- 15 ML香艾酒 Vermouth
- 5 ML宇治煎茶×米焼酎
- 紅紫蘇點綴

酒吧｜微醺告解室

創作者｜Dior

做兵那時節

鳳梨。

滿眼的鋸齒葉片在廣袤的平原上張揚，果叢的最核心處，結出鱗狀果實，每顆果實上還冠著一頂防曬小帽。一叢一叢錯落在馬路與芒果樹之間的鳳梨田，鋪開了我原本對於分發到嘉義而有點灰心的視野。深藍色小帽在教育役限額的榜單前晃動著腦袋，鳳梨田上吹襲了一陣帶著熱度與濃熟果香的風，我選填的高雄區已經被填上了別人的名字，回家陪伴父母，在完成兵役的同時，一點一滴補償大學北上而在家中缺席四年的盤算，如今儼然幻滅。

轉眼，我已被吹落在嘉義的鳳梨田間。

服役單位在嘉義市區，第一天報到的時候，圖書館組長帶我去宿舍放行李。美其名的宿舍，是體育館一處無用的置物小間隔起來的，沒有空調，但床鋪和桌椅至少堪用。替代役即將從中華民國的軍種當中消失，再幫我們整修宿舍添購設備，也只是浪費錢而已。我完全可以體諒校方安排我睡在置物間，但是每到了放假，我不想待在悶熱的宿舍，就會騎摩托車在嘉義縣市亂逛。

我是這樣逛到鳳梨田景色的。

馬路也緊緊貼著鳳梨田修築，鳳梨農則在路邊擺開一張小桌，隨手一把短鐮刀，刷刷刷刷，剛才田裡摘下來的鳳梨頭，沒三兩刀就光溜溜露出了金黃的果身，飛濺的汁水，在地上立刻招來一批又一批，貪嘴的果蠅。這是鳳梨收成的時節，鳳梨農自產自銷，用塑膠袋將圓筒狀的鳳梨果身紮緊，不一會兒工夫，田裡的一顆顆鳳梨頭，都被砍在小桌上排排示眾。

摩托車停在路邊欣賞農夫的刀法，看得出神，才看見板子上寫著兩顆五十，下車趨前詢問，農夫特意解開一袋鳳梨，那是另外削好切丁的鳳梨塊，一手抄起了一根牙籤，戳一塊鳳梨，塞到我手邊。

先試吃，吃好才買。他用婧氣又阿莎利的台語，將他的鳳梨一起推銷出來，手裡接過牙籤，牙籤上頭的鳳梨滴下汁水。那也是農夫在田間辛勤的汗吧。不甜砍頭的鳳梨砍到見骨，兩顆五十，這真的是從播種到收割，漫長歲月所應得的歡呼嗎？

穀賤傷農。

幸好農夫也不會坐以待斃，在嘉義吃過最多的食物是火雞肉飯，第二多的除了新鮮現殺的鳳梨，還包括農夫或者農夫太太用豆麴醃起來的滯銷鳳梨，半罐醃漬好的鳳梨醬，可以煮鍋鳳梨苦瓜雞，或是滷幾尾無刺虱目魚，甚至有自助餐店用鳳梨醬來拌炒一整鐵盤的青菜時蔬，氣味也是非常獨特。鳳梨醬的發明，見證了這片土地上長年以來的富庶。生吃吃不完，不僅可以曝乾，還可以蔭醬、醋醃、糖漬、風曬。醬缸文化（純粹是指真的那種醬缸），其實來自豐饒之土，醃漬水準與文明高度呈正比，看看歷史古國的漬物便知一二。

我被分配到圖書館業務，整理書籍清單的時候，或多或少翻到了一些地誌，不過不是最知名的《諸羅縣志》，我看的大多還是嘉義出身的文化工作者，用簡單易懂、很淺白的方式所寫成的圖書，像我這個外地來的人，常常在書裡找到上週放假去過的景點、偶然撞見的碑文、某間在信仰之外別具意義的廟宇；或者反過來，透過這些文史著作，找到我下週避暑的去處。書本內容與我親見的嘉義，可以雙重保證，這絕對是一片受到大地之母眷顧的土地。同時，也是一塊遭受戰神咒詛的土地。曾是鄒族與洪雅族的獵場，又是荷蘭人建埤的水鄉、顏思齊盤據的巢窠、林爽文抗清的絕處。我利用暑假兩個月不用顧學生的時間，認識了嘉義的前世今生，而且，輾轉從父親口中得知，在祖父搬到高雄仁武置產定居之前，我們世代都是嘉義平原上的農人，侯姓宗祠在嘉義，算得上是一戶人家。

原來這才是真正的返鄉，命運之籤的引導，讓我回到更遠的故鄉。

跟圖書館的組長聊過之後，他決定開學後就讓我帶國中生讀一些有趣的地方文史故事，我戰戰兢兢地接下這個任務，並且，用我所知所學的調酒知識，為地方的國中圖書館，增添一些活力。

熱辣的太陽炙著鳳梨田上的碩果纍纍，雲影偶爾才來稍微遮掩，但很快就被平原上的風吹散。鳳梨熟爛的氣息不時在田野間流動，我幻想這裡就是調酒書上說的，那片淌著Mayahuel的血，開出一整片龍舌蘭野漠的阿茲特克古帝國。過剩的龍舌蘭，被當地先民製作成一種叫做Pulque的釀造濁酒，也就是龍舌蘭酒Tequila的前身。矗立天地間，陽具般聳立著世界最高的花朵，流出女神的血源，豐沛了一整個黃金古國。這裡曾經金砂鋪地，門牆巍峨，滿是神靈的恩寵，什麼原因，女神離開了，高原豎起一架架十字；也許可以去問問福社宮的番王爺，是什麼理由，讓族人不得不往山裡躲藏。地球的兩端，太平洋的東岸西岸，我們擁有一樣的宿命。

地上糜爛的果熟酸香氣息，依然張狂，我雖不曾到過夢中的加勒比海，但我多少在嘉義看見了鳳梨過剩的衰景。

幸好，我們還有彼此，還有龍舌蘭與鳳梨。

開學沒多久，我為國中生講述加勒比海的黑色三角貿易與台灣早期海盜將魍港據為第六寨的歷史。窮凶惡極而且下場淒厲的虎克船長曾是孩子唯一認識的「海盜」；而年紀漸長的他們更喜歡《神鬼奇航》、喜歡《海賊王》——請恕我拒絕沿用NCC古板老套掩耳盜鈴的改標方式，來稱呼這部本來就是海賊滿天下的漫畫史巨作，海賊就是海賊，沒有什麼需要避諱的。真正的盜匪不會在臉上刺著壞人兩字。受到電影與漫畫的影響，海盜與冒險犯難的精神逐漸畫上等號，幾場影片放映會，幾次的讀書講座，在我的引導下，他們赫然發現原來課本上叱咤台灣海峽一甲子的鄭氏海權，無論本質與行為，甚至思考模式，基本上就是海盜。

退伍後，我重返吧台，回到調酒師的生活，我偶爾會想起那些調皮但忠厚的國中生，他們認真聽講的神情，還有交上來的學習單，我看見他們的夢，不管是海盜的夢、尋寶的夢，還是許一個未來的夢，都為我平淡的替代役生涯增添一些色彩，但也有不少憂慮。他們住在腴沃的土地上，有的人家裡務農，甚或就是種鳳梨、種香蕉、種芒果的；可是啊，這些地力掘墾出來的金色果實，可能永遠肥不到他們身上。農村就是黑色三角貿易這一頭，提供勞動力的苦主國；都市大口大口吞吃了農村的子弟兵，層層剝削後，在城裡種下一棟棟高樓。

我永遠記得一個被視為沒路用的廟會孩子，他繼續留在學校只是因為那樣政府才不會罰他們家的錢，義務教育成了應付教育，老師也容許他可以在課堂上睡覺滑手機；或者有時候慢慢滑出教室外，以一種淡出（Fade Out）的方式，去他想去的地方，去做他想做的事情。

曾經聽老師們抱怨過他，說他對什麼事情都沒興趣，只知道去廟會。

「那不就代表他不是真的對什麼事情都沒興趣啊，至少廟會他就很有興趣。」我無意介入了老師們的話題，老師們也只能委婉地笑著。

「可是，學校的課業還是很重要。」

「對啊，以後出社會怎麼辦？」

我想幫他辯駁，因為我曾經在圖書館見過他幾次。我在圖書館整理書單的時候，親眼看他捧著厚厚的書，坐在一個角落安靜地翻頁閱讀。他引起了我的注意，我趁他把書還回架上的時候，跟在他後面，想知道他看的是什麼書。

出乎意料之外，他看的就是《諸羅縣志》。我猜想跟他想查找一些關於宮廟和信仰的資料有關，便在他離開前，脫口問了一句：「有要找的書嗎？可以到櫃台幫你查喔。」

聽我這麼一問，他滔滔不絕開出了好幾本跟媽祖、玄天上帝有關的書單。

他有自己的興趣。我從來就不相信一個人可以完全沒有興趣，他只是沒找到適合的興趣，或是他的興趣被不友善的環境抹殺了而已。

在那之後，他到圖書館的次數也漸漸多了起來。

有時候騎車經過文化路，遇到廟會出巡或是各種宗教活動，我隔著馬路看著那些進香的人群，我想認出他，他應該就藏在裡面，幫忙扛著神轎、端著供品，或是跳起了他愛的家將。他揮灑汗水的勤奮，以及每逢宮廟必定合掌膜拜的虔誠，我相信，只要是他喜歡的事情，他一定可以做得很好，圓滿得像他參與過的每一場廟會一樣。

可是我最終還是沒有幫他跟老師們辯駁。是老師們的觀念扭轉不過來，不是這個孩子的錯。是這個時代，已經無法將自己的興趣發展為事業了，這不是孩子的錯。念著他們，還有地球另一端正極力擺脫後殖民時代的中美洲青年們，我用40ml 的普雷森鳳梨蘭姆酒，配上一點現壓鳳梨汁和自製鳳梨果醬。15ml 金巴利與10ml 檸檬汁，Shake出一九七八年馬來西亞吉隆坡Aviary Bar的作品叢林鳥（Jungle Bird）。敬你們的夢想，與自由。台灣就是世界的異國，但也是鳳梨和你們故鄉。

我的力量很微薄，但願你們的夢想很豐實，且足以對抗這個日益歪曲變形，而且逐漸失溫的世界。

輯三

酒造

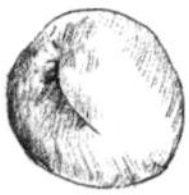

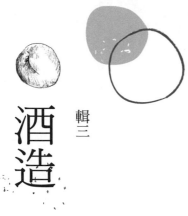

不撤薑食

孔夫子這輩子最大的污點，就是他連自己的妻子都留不住，卻大篇幅地誇誇其談修身齊家。諸子百家對他算客氣了，否則只要嗆他治家無方，侈言治國平天下，孔子大概會像一般的新聞名人一樣，遠大的抱負與恢弘的學說，全都斷送在婚姻關係私生活的緋聞裡。

許多人考究孔子出妻的一百種理由，也僅能從《禮記檀弓》一篇不准孩子哭老媽死的簡短文字得到線索，這輩子大概只生氣三次的孔夫子，每一次的發怒都是有理由的，因此檀弓的事件就被學者們詮釋為孔夫人應該是犯了七出，才會讓孔夫子這麼生氣。為了造神而不惜將所有責任推在女人頭上，是脈脈相承的人物評價方式，反正千百年來只有紅顏才是禍水，亡國的都是妖妃，替男人背負著所有罪名的，不差一個孔夫人。

開始接觸調酒，以及關於調酒的飲食美學與文化之後，我可以篤定地說，毀滅這段聖婚關係的凶手，絕對是孔夫子他自己。

站在孔夫人的立場想，離婚的起源，一定是孔夫子訂下的餐桌禮儀太繁複了，任是哪一個妙手廚娘嫁給他這種人，大概連一個月都堪不住。與其說是孔夫人被休，倒不如說是孔夫人拋棄了一個守在餐桌前、沒有什麼特別的廚藝值得後代稱讚，卻又常常對一桌飯菜東挑西揀，自詡為美食家的頑固老頭。

孔夫子的飲食標準被他的弟子記錄下來，大概是怕端錯酒食，又會惹孔夫子生氣吧。主糧要精純，肉要切得細緻，這個算是對食物的基本要求，不難辦到；怕食物中毒所以不吃變色變味的魚肉，理由也還正當充足；臭豆腐納豆藍黴起司不吃是個人習慣無法扭轉；地獄廚房辣妹圍裙煮壞了不吃也勉強說得過去。但是溫室栽培出夏天的蘿蔔他不吃；南半球在大冬天裡運上來的絲瓜苦瓜黃瓜他更不吃；老闆娘的雞排亂剪一氣、路邊明目張膽掛著招牌說「黑白切」，他是絕對不吃；日本最夯的藍色咖哩抹茶咖哩、減肥專用的無油無糖無鹽套餐，反正醬料不對或沒有醬料的，他都不吃。

所謂：食不厭精，膾不厭細。食饐而餲，魚餒而肉敗，不食。色惡，不食。臭惡，不食。失飪，不食。不時，不食。割不正，不食。不得其醬，不食。說穿了，他就是過太好，才有這麼多挑嘴的理由跟藉口。

挑食大王的挑嘴清單，成了一份備忘錄，做為儒家教育的最高典範，家長老師實在沒理由要求孩子吃這吃那；畢竟孔夫子的挑食已經挑到沒道理的地步了，哪裡還有立場去針對孩子呢？更何況在小孩子的眼中，其實大人才是最挑食的，因為大人都是自己買自己喜歡吃的，小孩子根本沒得選啊。

或也可以說，當人類社會文明達到一定水準時，才有挑食的本錢。因此有些食家、評論家，從上古文獻中找到飲食美學的源頭，包括當時的士大夫文化、諸侯國的崛起等等，將孔子的挑剔與禮樂制度牽扯上關係，認為他是以其身教重於言教的理念，用飲食清單循循善誘他的三千弟子。反正網紅的屁都是香香的粉紅色煙雲；人帥真好人醜性騷擾；SEAFOOD舉手投足比個耶，一定都有他的深意。身為春秋時代的國際名人，隨便說一兩句幹話，子張書諸紳。

高中時代配合中華文化教材而吞吃論語後的隨想，多半就是這樣玩世不恭的，既定的孔夫子形象在腦中盤桓多年，就是個老古板。直到成為調酒師如我，重讀起這則吃吃喝喝的條目時，因為讀的書多了、看的人也多了，這才有了不同以往的看法，整個孔夫子又活了回來。不食什麼不是重點，原來這則條目真正的精髓在那一長串「不食」的後兩句：「唯酒無量不及亂，沽酒市脯不食。」

這老頭！拿他山東老鄉的海量來誇口，原來孔府宴只要喝不醉，喝多少都沒關係啊！而且菜市場買的雜牌酒他還不喝，若是從這點來看，那孔夫子還真的算是有點格調的了。

當我站進吧台裡，最高指導原則就是客人可以微醺、可以醉，但絕對不能讓客人醉到鬧脾氣、不省人事。同樣的，雜牌爛酒，我也是絕對不起用。重溫了孔老先生的語錄，赫然發現我們所見略同的時候，有點奇怪地，我也能稍稍理解他的挑食，可能源自於他敏銳纖細的味蕾，但他說不上來，畢竟不是真的廚藝科班出身，當時又沒有科學儀器檢驗他的味蕾，所以只好用迴避的方式，選擇不吃。

我就有許多挑嘴的常客，他們雖不及孔夫子那樣敏感，但對於一杯酒的顏色、味道、香氣，甚至呈現方式都有很多意見。我喜歡這樣的客人，因為每一杯酒都成為最大也是最良性的挑戰。我為了滿足他們對各種酒材、水果、香料的喜好，冰箱與櫥櫃經常擺放很多看起來完全跟調酒不相干的材料。

例如嫩薑。

有的酒客特別喜歡各種辛香料調製而成的酒，那年，法國出品的薑味香甜酒剛進來台灣，我試著用它調了幾支酒，得到的反應都不錯。可是我轉念一想，在薑味香甜酒問世之前，難道沒人用薑調過酒嗎？

不是還有薑汁汽水嗎？莫斯科驢子、琴霸克，這些經典傳統調酒都要用到這種被香港人稱為「紅薑啤」，但其實不含酒精成分的薑汁汽水。這個由外科醫師發明的配方，後來進入飲料工廠大量生產，早在十九世紀，就已經是北美家喻戶曉的常備飲料，黑白老電影也出現過幾回；對於習慣吃薑的台灣人來說，純喝薑汁汽水會感到嘴裡有點澀澀辣辣的。不過汽水這種飲料就是這樣吧，不同國家文化，就有不同的喜好，日本人也認為台灣發明的沙士像是可以喝的沙隆巴斯。

孔夫子在他一連串的食物清單中，滿滿的抱怨跟挑食，都是不吃；卻唯獨薑這個東西，他是絕對不會從餐桌上撤下去的。每一餐飯都要有薑，這老頭果真是山東人。

薑在台灣食用與飲用的普及情況，也可算是世上少有的，我剛開始醒悟到可以用薑來調酒的時候，在市場挑錯薑，買到了粗硬乾扁的老薑，調出來的酒，不只熱辣，簡直到燒喉嚨的地步。在辣椒從中美洲傳到世界各地之前，菜餚中的「辛辣」往往是來自於花椒、胡椒，以及蔥薑蒜這些辛香料植物，尤其是薑，它的用途廣泛，在西方可以揉進麵糰中做成麵包餅乾，捏成薑餅人；也可以混搭水果果醬增加風味。但相較於台灣人用各種老薑嫩薑竹薑山薑之猛烈與粗殘，西方人對待薑，真的算是溫文儒雅了。

我之所以買錯老薑，就是因為台灣都用老薑來煲薑母茶、煮薑母鴨、燒麻油雞，莽撞地認為用同樣的路數，增加糖分，就可以讓調酒順口；幾次實驗之後，證實了原來新鮮水潤的嫩薑，才是最適合調酒的。

嫩薑的用法比較繁複，首先要把剁碎的薑末，與10ml 蜂蜜、5ml 檸檬汁於杯內拌開，加入冰塊後，點滴10至15ml 薑汁香甜酒強化薑的味道，最後再和40ml 拉弗格威士忌與20ml 帝王十五年調和威士忌，帶點泥煤粗獷氣息。這道其實是經典調酒，叫做盤尼西林Penicillin，喜歡的人還可以邊喝酒，邊吃切薄的薑片。

開始用嫩薑調酒後，我對於市場上販售的薑類不多，感到有點失望，索性特意跟了幾次當日來回的旅遊團，出發到湖口、北埔、嘉義等地，尋找原住民或客家人用的辛香料；吃了野薑花粽，也看到產自阿里山的竹薑，更在苗栗向天湖，見到原住民與薑黃的關係。

從來，聽到向天湖三個字，想到的就只有賽夏族與矮靈祭，卻沒想到薑黃就是該地重要的農特產品。一如其名，向天湖的地勢高聳，意指向天，遊覽車爬升了好幾個快要容不下車輪的險坡，在那些看起來根本無法轉彎的髮夾彎上搏命。超過兩個小時的車程，終於在向天湖附近的平坦台地停妥。我還沒吃到薑，就已經被逼出了一身的汗；全是冷汗，被窗外天險嚇出來的冷汗。

一下車，隨處可見剛離土的薑黃，還帶點泥土碎屑，擺在沿街的小攤上，一袋一袋地兜售；也有磨細的薑黃粉，隨罐還貼心附上料理方式。一問之下，才曉得原住民雖然吃薑黃，但不像城市人那樣把薑黃當成衛生保健資訊浩如虛浮大海中的一株浮木，開發成薑黃錠薑黃丸，一顆抵百病，更多時候，原住民是利用薑黃的色素，進行衣物與絲線的染色。也是趕搭著養生的風潮，薑黃在山上的種植面積才愈來愈大，最後反過來提供藥廠製作薑黃錠的原料。

炒入飯麵中的薑黃粉，因為菜油的調和作用，發散出奇異的香味，薑黃做為咖哩粉中極為重要的成分，單純用薑黃粉炒的飯菜，都是恍恍惚惚有那麼一點點咖哩的風味在，但又沒那麼辣。

興高采烈地買了一罐薑黃粉回台北，只可惜，就是缺少了菜油與高溫的加持，加入調酒中的薑黃粉，嚐起來卻成了中藥鋪子裡的苦味與澀味，幾試不過，最後只得放棄，權且把薑黃粉整罐當作養生補品猛吃，一天三杓。

我把這件事情提出來講的時候，都會在酒客面前拿出那罐薑黃粉，也爭得大家一人一口，藉集思廣益之名，行吞薑黃粉養生之實。

時光這麼淡淡地，不捨晝夜。薑黃粉吃到剩不到半罐，我也最後一次試著用薑黃粉調酒的時候，回顧了孔夫子的飲食觀。即使是傳說中的聖人，還是有他的時空背景限制，因為魚易餒，肉易敗，很多不食其實是為了避免吃到不潔的食物。也是這樣的緣故，所以不會把殺菌的薑，從飯桌上撤下去。

仔細想想，或許孔夫子對於飲食美學，真的有他那麼一點道理，只是他站在高聳的仁義道德神壇上，恍惚間讓人覺得聖人境界的他，絕不可能提出這麼生活智慧王的觀點罷了。

以酒為藥

家裡的人都不愛喝酒，酒只會出現在節慶與喜事的飯桌上，父母和親戚朋友小酌幾杯，過點微醺的癮頭，就算個事了。那種對坐五六人，湊一碟花生，或是滷味鹹酥雞，隨著垃圾話愈聊愈開，地上喝空捏扁的啤酒鋁罐也堆成小山的畫面，甚至一個個發下豪語拍桌幹天幹地，帶點青春電影或鄉土劇般的情節，基本上不曾在我印象中出現過。

但我們家是有酒的，除了一櫃子人家送的洋酒之外，還有一缸藥酒。我一直覺得，可以囤很多酒而鮮少動起開瓶斟杯念頭的人，若不是生活過得太無趣，就是定力已然超凡入聖了。可惜的是，我家屬於前者，我的父母親都是半輩子勞心勞力，謹守著家長分際與職責，以資助我和我弟弟完成大學學業為中程目標，期間幾乎不去想，也不敢想任何關於玩樂消遣的事情，喝酒這種耗錢傷身，又耽擱正事的餘興，更是老早被他們排除在外；也就無怪乎我投身調酒事業將近十年，他們依然很難認同我從事的是正當職業。轉個念頭想想，多得是這種家庭吧，所以當我年歲大了，也見怪不怪地按照每個月開支剩餘的比例，回繳一點給我的父母親，以為家用。那就是，我也開始遵從著一樣的遊戲規則，未來我也將成為一個日益無趣的人，把所有的資源和心神，留給我的下一代。你若問起，什麼是父母親的短程目標？可能只是我和弟弟餓了有沒有飯、病了有沒有藥，一種最低限度的生存需求，就算費去他們倆加起來一天的工資，和幾根多出來的白頭髮，他們還是願意持續拚搏，努力不懈地奮鬥下去。

至於遠程目標，他們不去想，也不敢想。

想到就覺得可怕，所以到現在我都還不敢跟妻子談小孩的事情。我不甘成為一個無趣的人，我自私地想拿更多的時間充實自己的見聞，也不願多花半個下午就只為了教小孩怎麼拿筷子吃飯！說來矛盾，我個人是很喜歡小孩的，但如果我必須因為這樣而犧牲眼下的生活，我想，任何人不只是我，應該都會猶豫吧。

與父親相比，母親比較懂得轉換心情。母親曾說，她小時候都跟著外婆在廚房走進走出，以前的人，沒有新娘課程，所有為人妻母的基本功，都是口傳心授從上一代那裡繼承下來的，久而久之，閒晃晃的午後適合用來醃菜釀梅子、難得的假日可以包上幾十顆餃子當冷凍儲糧，撿到一點零碎的時間，看是要洗切晚餐的菜、用快鍋燉一鼎滷味或咖哩，還是隨便拾幾把藥材，泡一缸給父親補身體的藥酒，這些看來或粗或細的活兒，在母親的手裡不算什麼差事，竟全都是她的娛樂。她雖是這麼說，我卻不信，我認為她只是把逼不得已和非做不可的事情，全都看成自己的責任，責任的意思就是，放著不做只會讓事情更麻煩，倒不如趁早了結。這是功力，說到底是一種鍛鍊與磨難，實在不能用娛樂看待。

例如母親會泡那缸藥酒，適巧碰上親戚從韓國旅遊歸來，送了切片的高麗蔘，母親看機會難得，偶一為之，用高粱洗淨了玻璃缸，泡了一缸黑乎乎的藥酒。那主要還是給父親補身體用的，所以跟貪杯圖醉，一點關聯都沒有。父親每個晚上也就是一個咖啡杯的量，喝完就洗臉刷牙睡了，像在吃藥，完全不像喝酒。

也因為這樣的家庭背景，從我懂事以來，酒精飲料雖然被父母親有意無意地避在家門外，只有親友飲宴的特殊場合才會出現，但酒精飲料似乎也不曾被賦予好或壞的價值觀念，彷彿那是一種中性的飲品，而我們家剛好不喜歡喝而已——例如有人嗜喝百年茶王的普洱磚，而我們家剛好是烏龍掛——的那種感覺。味覺和飲食習慣，造成我們家與酒精飲料和酒的文化背景相距甚遠。

這對我來說，一則喜，一則憂。

憂的是，有些人從小就被灌各種啤酒紅酒甚或高粱，姑且不談幼童飲酒的健康問題，至少他們很早就在味蕾上多了一種記憶區塊，例如啤酒很苦、紅酒很澀、高粱很辣等等，儘管很平板直白，但這就是飲膳之道的「贏在起跑點」，將來只要稍加調教，與不同等級的酒質參酌一下，就能品出上乘之選。而我，卻要遲至考上大學，開始跟學長姐一起夜唱夜跳之後，才開始慢慢接觸到各種酒精飲料。起先當然是喝那些粗糙的劣質品，後來才自己出錢，買一些高單價的酒類，漸漸喝出不同酒廠之間的高下。無論怎麼說，我的起步都算晚了。

可事情也不是那麼單純地好壞兩極，例如，我就沒有體驗過家人發酒瘋或是喝壞身體的事件，因此在我印象中，酒精飲料一如父母親對它的態度，不偏不倚得甚至有點謹慎，恍如上古時代「乃命大酋，秫稻必齊，麴糵必時，湛熾必潔，水泉必香，陶器必良，火齊必得，兼用六物」般莊重。

在我們家喝酒，總得有個名目才行。為了慶賀表姊文定，母親特地上街，聽老闆的推薦，在貨架一字排開的眾多洋酒，選中皇家禮炮，取其寓意又不失其風味；或是小年夜當天，父親專程託人帶來金門高粱春節特別版，粉紅色的酒標像剛貼上去的春聯，喜氣洋溢了整個高雄老家。酒的出現，都代表著不同的節慶意義，或者與累重的生命歷程畫上等號，於是我也就更認真地看待這每一滴穀糧的精魄，絲毫不敢輕易浪費。

那缸偶然得來的藥酒，也讓我從小就一直認為酒有治病強身的效力，看母親有時候會煮麻油雞酒，燉補的時候也會淋上一些米酒，而父親吃下這些含酒的料理後，整個人氣色紅潤，體力大增，讓我篤定地認為，酒，就是一種恢復體力的補充液，好像點滴那樣。

例如我鍾愛的琴酒。

琴酒曾被認為是在荷蘭萊登大學（Leiden）任教，同時也專攻人體循環系統的醫生西爾維烏斯博士（Dr. Franciscus Sylvius），為了解除不明熱病、緩解痛風而發明的。但根據比利時安特衛普更早的文獻，可能在Sylvius博士之前，歐洲某些地區，特別是比利時、西班牙一帶，就已經有飲用這種利用杜松莓製成的甘冽酒精的習慣。Sylvius博士因為業務需求，開了一張有關琴酒的處方箋，於是成為第一個用白紙黑字寫下琴酒配方和琴酒製造方法的人，所以才會不小心奪得這個「發明者」的頭銜。

但無論如何，琴酒最初就是以藥的概念開始流通，「服用」琴酒是為了對抗疾病，而不是買醉。這樣與我童年記憶不謀而合的酒，要我怎麼不死心塌地迷戀呢！做為一種製作過程相對簡易的烈酒，琴酒很快就被商人看中，加糖中和口感後，便大量生產，上架販售。

琴酒風潮燃至英吉利海峽對岸，更一發不可收拾。起先，英國人對琴酒的飲用僅止於可以接受的程度，直到荷蘭籍的英王威廉三世下令，訂出了超高關稅以抵制法國的葡萄酒與白蘭地，用政策庇護英國國產的酒類，從此，琴酒就與英國結下不解之緣，大凡提到琴酒，沒有能避開提到英國的。

至今還設廠倫敦、最知名的廠牌「Beefeater」，商標上一個紅衣英國衛兵，跨出半步正在執行戍守任務的樣子，偶被翻成「英人牌」的倫敦乾式琴酒（London Dry Gin），就是當前最流行的琴酒種類。所謂的「乾」，指的是捨棄掉荷蘭琴酒裡的糖分，做出更苦澀嗆烈的口感，或者也有人稱「不甜」琴酒。調酒師不受限於固定的甜度，可以做出更多樣的變化，讓倫敦乾琴酒的市占率超過原生種荷蘭琴酒許多，也是一般談到六大基酒中，較常拿來使用的琴酒種類。

像琴酒這樣因為療效而被推廣出來的酒，其實多不勝數，因為藥草香料被加到酒裡，從來不是某一特定文化地區的現象，只要有酒、有藥，就會有人試著把兩者加在一起服用。像我母親那樣。

比較偏激但也很基礎的用法，就像罹患痛風的英王喬治四世，把鴉片與酒製成的「鴉片酊」，佐以酒水吞服，美其名的飲酒治病，實際上的飲鴆止渴。把藥材與酒精或油水等溶劑冷浸製成的酊劑，在西方醫藥史中是一種廣泛應用的藥品，釀酒業者或許也是因此思考利用藥草釀酒的可行性，才開展出各種有療效的酒。一八六三年的法國，葡萄酒界敲響喪鐘，根瘤蚜肆虐侵害，葡萄嚴重歉收，琴酒代替葡萄酒與白蘭地，在法國流行了好一段時間。一邊是礙於高額酒稅喝不到葡萄酒，另一邊是根本沒有足夠的葡萄釀造葡萄酒，琴酒的身價水漲船高，約莫就是這樣的背景，讓這種以藥效起家的酒、名聲裡彷彿還帶點藥臭味的酒，正式成為餐桌酒席上真正的酒精飲料。

有的藥酒就沒那麼好運了，譬如班尼迪克丁（法語：Bénédictine），儘管酒商利用修道院修士的釀酒配方來包裝這款酒，想盡辦法把「藥」、「酒」、「修道院」這些關鍵詞串聯在一起，充其量只能說是歐洲版的養命酒、蔘茸酒罷了，其應用與風行程度遠遠不及琴酒的天賜良機。

父親喝完了那缸補酒後，不知他的身體是否有明顯變化，但因為母親泡酒是出於一次因緣際會，在那之後沒人送什麼名貴藥材來，我們家也就沒繼續泡藥酒了。父親倒也沒因為這每晚一杯的習慣，喝出什麼癮頭來，沒酒喝之後，他就是恢復到沒酒喝之前的作息而已。關於節制，他們教我很多。我對琴酒的偏好，並未養出貪嗜的性情，我總是像父親那樣，每晚，一小杯，就算個事了。

甜蜜詛咒

地理大發現後，歐洲船隊藉著「黑色三角貿易」之便，累積巨大的財富，當今歐洲的強盛，可以說有一半都是那個年代攢起來的根基。所謂的「黑色三角貿易」，就是歐洲船隊將布料與衣物，運至物資匱乏的落後非洲，以半買半換的方式獲得黑奴；黑奴被當成「黑物資」運往美洲大陸，命令他們沒日沒夜地種植棉花；最後運回歐洲祖國的棉花半成品，製成布料與衣物，不但可以開出十倍甚至百倍的價格，還能再帶到非洲去換取黑奴。

這還只是用了棉花與布料的例子做說明，其他像咖啡豆與咖啡飲品、橡樹與橡膠、菸葉與菸等作物與產品之間的關係，都是按同樣的操作手法，暢行大西洋至少三個世紀或更久。棉花和砂糖當時被稱做「白物資」，而黑人奴隸則是「黑物資」；充滿血淚的這段黑歷史，是至今歐洲所以雄霸一方，中南美所以貧困窘迫，而非洲所以戰亂頻仍的遠因。

這場黑色三角貿易，最有價值的是黑人，而最奇貨可居的農作物，當非甘蔗莫屬。西班牙在加勒比海墾殖了龐大的農莊，沒日沒夜地熬滾甘蔗炒作砂糖；葡萄牙則在巴西大張旗鼓，甘蔗收成的日子瘋狂榨汁，有些甘蔗汁來不及熬成糖蜜，酸敗了就擱置一旁，根本沒有時間去處理沒有經濟效益的事物。英國也將皇權延伸至北美，爭著幹起了跟西班牙葡萄牙一樣的勾當。對他們來說，往美洲大陸的任何一角掘下去，土裡流出的不只是奶與蜜，還有金包銀。

黑奴工被壓榨在遠方的美洲大陸上，卻只淌出一地的血與汗。

難以想像，林肯總統出生之前，整片美洲大陸都是這樣烏煙瘴氣地被奴隸主理所當然地統治著。卻又歷歷在目，美國至今還有三K黨，還有川普的種族政策，彷彿中世紀還沒過完一樣。

大量的砂糖輸入歐陸之後，除了做為餐點的調味品之外，還能製成藥品、香料、裝飾物，甚至也有防腐的功能。甜味逐漸成為貴族炫耀的伎倆，英國國宴的糖雕在當時是最極致奢華的藝術，尋常人家的飲食之中始終缺乏甜蜜感，但餘苦澀酸辣；而殖民地的黑皮膚勞工更是只有眼淚與汗水交織的鹹。人類學家西敏司（Sidney Mintz，一九二二～二〇一五）於一九八五年出版的經典名著《甜與權力》，梳理了整個糖業如何改變歐陸社經結構，今日隨手可得甚至超過人體正常攝取量的糖分，原來在幾個世紀前是堪比金礦銀山的重要期貨物資。

除了砂糖之外，事先在島上的工廠燒煮濃稠的糖蜜，還會以橡木桶儲裝，一桶桶運回歐洲，釀蒸成濃度可超過七十％的蘭姆酒。翻開酒的歷史，任何農作物只要有釀成酒精飲品的可能，身價翻倍再翻倍都是必然的，台灣人吃膩了的甘蔗當然也不例外。釀好的蘭姆酒，除了在歐陸通銷運販之外，船隊通常還會留上個幾箱，做為水手們的消遣。當然，不是白喝，水手必須用薪水折抵的方式，換蘭姆酒喝；或者遇上壞心的船隊隊長，直接把蘭姆酒當薪資，不僅發給水手，還發給執陸勤的黑人們，想靠酒精麻痺控制他們，節省實質的薪資。而且，他們也的確辦到了，這種可怕的薪資，真的讓水手與絕望的黑人們陷入不能自拔的深淵。

地理大發現在中美洲諸島激盪出蘭姆酒，與墨西哥的龍舌蘭一同以「前奴隸」的身分躋身調酒世界六大基酒之林。跳脫歷史長河來看，中南美洲原住民的各種「壞掉」，例如文明被摧毀、居住地被侵占、人權被打壓等等，造就出這種矛盾性格的甘甜酒液，美洲原住民不可能為此感到高興，卻也只能默默喝下自己親手栽植的甘蔗所釀的蘭姆酒。又恍如黑人的血液，自廣袤的美洲大陸汩汩流出。

那僅僅是關於西班牙所殖民的領地，當葡萄牙占領巴西的時候，也發生了類似的事情，於是造就了卡沙夏的誕生。

被葡萄牙監管的巴西黑人奴工，在一次偶然的機會下，喝了被棄置在蔗糖工廠的過期甘蔗汁，許是氣溫濕度適宜，黑人奴工在發酵的甘蔗汁中嚐到了稀薄的酒精，這種喝腐爛甘蔗汁以獲取微量酒精，來抵抗現實苦役的逃避行為，逐漸流傳開來，吸引葡萄牙人正視這個問題，而開始引進蒸餾技術，試圖釀造出更濃烈的酒精。這就是卡沙夏的誕生，腐敗裡求生存，那些臭的酸的腐的，臭豆腐、納豆、味噌、酒釀、米糠醬菜，都是活物。

卡沙夏雖然跟蘭姆酒一樣都是以甘蔗為原料，但因為甘蔗發酵過程的影響，純飲帶有一點點微微的果酸；另外，卡沙夏向來被當成蘭姆酒的分支，遲至二〇一二年，巴西政府提出釀造與蒸餾的相關文件，向世界證明卡沙夏不是蘭姆酒，終於在美國調酒協會的推動下，正式獨立為一支特殊的地方酒種。

卡沙夏有一款流傳超過一百年的經典酒譜，葡萄牙語Caipirinha，譯為卡琵利亞，盛傳，這是葡萄牙皇后Carlota Joaquina住在巴西時所發明的一種簡易調酒；或者比較可信的是，當地的居民與海盜，利用這種酒和砂糖、檸檬的特性，將之調和成感冒與敗血症的特效藥。

十六世紀以後的加勒比海，那些奴役黑人的所謂「船隊」，其實都是即商即盜還兼做海軍官兵的混種雜牌軍，電影《神鬼奇航》裡頭鼎鼎大名的傑克史派羅船長即是如此。

歷史上的亨利摩根做到海軍上將，受封英國爵士，又是駐牙買加總督，可他卻也是綁架修士修女、勒索西班牙的凶惡海盜。買賣黑奴的事情他肯定也是做得不少，但同時他也成功地在加勒比海一帶成為百姓口中的英雄，主要就是因為他痛擊了當時控制巴拿馬地區的西班牙人，對當地居民來說，他反而是對抗殖民者的英雄。

海盜跟西班牙海軍最大的差別，在於海盜只思考財富，不談殖民與否，做為被剝削的當地居民，當然喜歡海盜勝過海軍。也是因為有利可圖，互相利用，所以英國皇家重金拉攏亨利摩根，扶植他的船隊，讓他成為西班牙在加勒比海的痛。在某些人眼裡，亨利摩根十惡不赦；在另一批人眼中，他卻是民族英雄。

而好巧不巧，在遙遠台灣海峽叱吒風雲的鄭氏海權亦復如是。

被課本塑造成民族英雄的鄭成功，繼承其父鄭芝龍的船隊，打著南明的旗幟，招徠臨海的漁民、流寇，以及受到清朝下令遷界影響的仇清分子，在海上進行一定程度的掠奪，也向出入港的船隻收取關稅，以累積他個人的財力資源。因為和清朝的軍隊實力尚有一些差距，北伐南京失敗後，他才從料羅灣出發，前往台灣。鄭成功帶領船隊到台灣本島，不得已對上了在台灣開墾還不算太久的荷蘭人，打響了熱蘭遮城一役，這才扭轉了他的寇匪性格，成為島主郡王。

台灣盛產甘蔗，出產糖量的確足以讓擁有台灣島的人雄霸一方，但從鄭氏海權崛起，一直到乙未割台，日本人開始統治台灣，這座島嶼數以萬噸計的甘蔗，始終沒有釀出任何一滴用台灣甘蔗糖蜜做的蘭姆酒。台灣的銘酒，很奇妙地延續著大陸的血脈與性格，以及日本的殖民色彩，白酒高粱、黃酒紹興、清酒或米酒，還有近年風行的自釀啤酒，全都是穀物酒，非常需要大量耕地面積，且極度不適合島嶼國家量產的酒種。

又或者，釀酒與民生需求相距太遠，歷來的台灣統治者，礙於現實種種環境因素之限制，莫不以民生需求為考量，弄一支台灣國酒，自然就成了不是那麼要緊的事情了。

不管是李旦顏思齊在中日台海峽三岸間，轉手鹿皮樟腦、絲綢瓷器的年代，還是現在傾中或親美的熱議與政策的爭執，這座島嶼上所發生的一切產業活動，無不是奴工的賣兌或物價的剝削，以及強制的進出口。台灣可能是加勒比海，也可能是西非，總之就是被某種強權宰制著生存空間的島嶼吧；與所有的烈酒基酒相比，台灣的立場地位應該最能理解蘭姆酒的身世背景。

分道揚鑣，大海賊的時代結束，黑奴尚未解放，台灣依然沒有自己的酒。再顧盼，已經是一九四九年的事情了，日本投降離開台灣，留下十五萬噸砂糖，遭到國民黨政府覬覦，試圖要用那些糖來扭轉中國境內的通貨膨脹。糖的經濟效益驚人，足以化解金圓券帶來的危機，但是早在淪陷之前就已經來台接管糖廠的沈鎮南認為，這些砂糖是產自島上，應當用於島上，書信往返幾回，就是不願把砂糖運到中國境內。沈鎮南抵死不從，國民黨就安了一個通敵叛國的罪名在他頭上，沒幾天就把他槍斃了，奪走了他捍衛的那十五萬噸，台灣蔗農辛苦耕種、淬煉出來的砂糖。一心捍衛台灣農民與土地利益的沈鎮南，賠上了自己的性命，而誰能想得到這些砂糖不但在後來的二二八事件中，持續勾動本省人的情緒餘波，更讓白崇禧不得不在二二八事件處理委員會的四十二條大綱，明訂一條要求國民黨政府歸還「十五萬噸敵糖」——因為是日本製造，所以稱為「敵糖」——的條件，用來安撫台灣人的憤怒。看似多麼平凡無奇的砂糖，一個就算不吃也餓不死的經濟作物，無端繫聯了幾萬條人命，白細的糖，染上緋紅鮮血，融黏成歷史中不可解的謎團，嗜糖的蟲蟻圍食，吃去了島上的生機。這些都是關於甜的，關於甜蜜的詛咒。

止戰之泉

那也是我唯一一次參加的調酒比賽了。

應酒商邀約，我在只有兩間酒吧履歷，且不具備什麼頭銜的前提下，就貿然上陣參賽。

比賽的指定題目是在地食材，不限季節種類，只要使用台灣在地的食材入酒，就可以得分。那時候我正在寫上一本書《微醺告解室》，但行文走筆之間，其實已經捏塑出這一本書的雛形，適巧碰上這個題目，橫生一股激動熱血，甚至想拚個幾週不上班，窮盡酒櫃，好好構思出一杯絕倫無匹的作品。可回過頭想，初賽就見識過其他參賽者的作品，掂掂斤兩，自知酒海無涯，被刷掉是必然的事實，心思輾轉幾日後，決定從容應戰，當作是一場酒技繽紛的觀摩大會，輸贏不罣。

在地食材一直都是烹飪界、烘焙界、各類餐飲業界的萬年不敗話題，信手拈來的才華，環保又接地氣，儼然是全球趨勢。阿基師與奧利佛主廚手下炒的向來都是易取易得的當季當地，唯國情風土不同，以致口味殊異如此；吳寶春用的荔枝、微熱山丘用的土鳳梨，自我童小記憶以來，不過家庭餐桌之常見果物；就連瓶裝茶飲都吹起一陣台灣烏龍、四季春的薰風，脫離瓶裝茶飲長年以日本為宗的御茶園、新茶流。國產貨MIT要比舶來品洋涇浜吃香的時代，翩然而至，更從一種社會風潮漸漸轉型成國人習慣，人們從此對土地又有了新的一番思索。

複賽當天，各家調酒師的選材令人歎為觀止，土鳳梨和荔枝毫無疑問地被選中，大凡烘焙界的果類食材，都可以化用在調酒裡，其他如龍眼、芒果、香蕉都被用來入酒；而台灣產的咖啡，做成台灣版的愛爾蘭威士忌，隱約有一種國族史之間的對談，調酒師用木柄銅鍋燃燒酒精的動作，華麗中卻又帶點臨場的顫振，好讓人為他驚心；不摻半點紅白灰或荖花荖葉的檳榔果，搗出些微的辛香汁液，也能入酒，而這位突發奇想的調酒師，來自遍植檳榔的農村，土地的記憶豐熟了他的技藝，他的選材甫一公布，就造成會場一陣騷然。

我當時的見聞還不夠支撐起在地化的論述，嚴格來說，我用以入酒的高粱酒，並不符合在地食材的條件。酒材不等於食材，我深知這是很清楚的定義問題，雖然沒被取消參賽資格，但輸掉比賽是顯而易見的。儘管那只是一場由酒商主催，用以推廣艾碧斯的商業賽，但在比賽結束後，我開始爬梳在地食材的議題，漸漸改變了我的調酒習慣，關照土地與季節的變換，也走入傳統菜市場兜兜轉轉，喜歡那種看蔬果隨著一年四季變化如逛花市般的感覺。按節氣來度日，傳統菜市場就是現代人的花園，春夏的瓜果、秋冬的塊莖，偶然在攤子上看見一年不見的老朋友，好驚喜地買上半斤，就為了實驗入酒的可能。

逛菜市場成為興趣，我才有機會在專賣米穀雜糧的攤子上，看見高粱。用透明塑膠袋裝，約莫半斤左右一袋，小顆粒淡黃色的高粱，和小米有點像。多年前讓我輸掉比賽，但也開啟了我漫長的在地食材探索旅程，從未去過金門的我，總是對高粱懷著一種難解的情感。買一小袋，詢問攤主人如何整治高粱。原來，最常見的做法還是煮成乾飯或稀飯，再不然就是磨粉燒成餅。

釀酒，倒是尋常人家難以實踐的選項。

如是說來，黍、稷、高粱這三種穀物，因為耐旱易長，適合華北地區的土壤與氣候條件，遠從石器時代以來就是主食，後來南方的米和西方的麥傳入，加上耕種技術的革新，這些口感不佳的粗糧才漸漸退出主食的舞台。

說是退出，卻又還執拗地長在中國內陸的老農村裡，種不出優質大白米的貧瘠土壤，幾乎都吃得到黍稷高粱。蒸成各種飯粥餅粿，或是填在肉或菜裡果腹，或是摻在舊米裡充饑。莫言的《紅高粱家族》寫得盡形盡意，那些粗穀子終究是貧農們活命的糧，爭一寸土，只為了能多活半口氣，餓盡了的地上住滿了餓盡了的人們。

釀酒，那可是豐年才有的侈望。

黍是黃米，稷是小米，我在北方飯館吃過黃米做的餅粿，在餃子館喝過小米熬的粥湯，高粱酒是喝了，可高粱蒸的飯卻從沒吃過。一直以為金門人種那麼多高粱，就只是為了釀酒而已，如果不是看到菜市場攤上那一小袋高粱，我這個台灣本島來的偏見，可能還會持續下去。

金門究竟是什麼時候開始種高粱？或者要問，以前的金門人吃不吃高粱？這個疑問敲響了我對金門高粱酒的回顧。那是多年前就應該順藤摸瓜的工作，但遲至今日完工，似也不算太晚。

被毛澤東譽為「猛如虎、狡如狐」的將軍胡璉在《金門憶舊》裡說到，金門遍植高粱，是在他帶著十萬軍民入住金門後的事情。在他登陸金門之前，高粱種得少，麥子也不多，更遑論是需要大量水源灌溉稻子，幾不可見。而這個說法也被一甲子之後出版的《烽火甘泉：金門高粱酒傳奇》繼續沿用，作者李福井身為金門人，更標舉著

「金門原料缺乏，米都沒有，哪有高粱？」的論點，大力推崇胡璉將軍的貢獻，說他是：「一九五二年無心插柳創立了酒廠。胡璉將軍福至心靈，無意中打開了大自然的寶庫之門。」

可反過來說，李福井似乎弄錯了順序。就是沒有米的地方，才會有高粱。根據《金門縣志》記載，金門很早就因為地理條件的限制，將極為有限的耕地用來種植高粱與小麥。《金門縣志》明明也是李福井的參考書目，卻獨漏了這個資訊，甚至顛倒高粱跟米的優劣順序，使我對金門高粱以及高粱酒的身世，又產生了更大的研究興趣。

按照胡璉基金會以及金門酒廠的官方說法，十萬軍民從中國渡海而來，登陸金門後，急需大量的糧食與禦寒的酒水，於是胡璉在他的回憶錄中坦言，是他偶然在金門喝到了高粱酒，便想到用白米跟民眾換高粱；換來的高粱釀成高粱酒來販售；售出的錢買進更多的白米或其他糧食。而田裡剩餘的高粱稈還能做柴薪燃料，可謂一兼四顧。查諸胡璉基金會的官網或是金門酒廠的資料，都是這麼說的，甚至在胡璉基金會的資料中，稱呼胡璉是現代恩主公。

回到關鍵的一九五二年，金門酒廠的官網，在草創時期一九五二年的欄目，有一則啟人疑竇的紀事：「金門首任防衛司令官胡璉將軍指示張子英處長督促周新春上校

（後擔任開廠第一任廠長），於金門城南門外成立九龍江酒廠，派任葉華成先生擔任技術課長。」

我自認稱不上職人，但我深知釀酒這門學問，絕非一個將軍和一個上校，再加上一個處長就足以勝任，尤其他們都是走過對日抗戰與國共內鬥的軍人，豈有那些暇餘心力，持續地鑽研於釀酒的知識與技術呢？釀酒需要的原料，不管是米麥穀物，還是葡萄水果，都來自廣袤的土地；而釀酒必備的儀器，更是一些不便攜運的笨重銅鐵，對這群不斷撤退、且戰且逃的行伍來說，把填飽肚子的糧食挪去釀酒，是非常空幻不實際的選擇。回顧糧食與酒精在歷史上的消長，金門當時種的高粱也應該都是食用居多，釀酒應該是很次要且晚出的構想，至少也得是金門人不餓肚子了，才有可能想到用高粱來釀酒。

為了這件事情，我問過幾位曾經踏上金門的朋友，包括金門在地作家、去金門當兵的友人，還有專程飛去前線書寫金門古戰場的作家，他們說，胡璉就是留下那個空空的名字，跟國民黨、國軍、金門酒廠有點關係，六十年來像一面樣板旗纛，隨風招搖。反倒是葉華成，六路大厝被湮沒的葉家金城酒廠，那才是真正的金門傳奇。

那個被派任為技術課長、看似最無足輕重的印尼華僑葉華成，他才是真正的金門高粱酒之父。早在一九四八年，也就是前線戰事崩壞前一年，他就已經在金門試著要靠釀酒來維生，只是那時他是買白米和酒麴要釀米酒。由於他買的酒麴泡到海水，發酵失敗的三千多斤白米血本無歸，他才轉而使用金門當地的高粱做為東山再起的釀酒材料。當我讀到這些文獻的時候，心裡頭很是感慨，我的失手之作是高粱，而葉華成的登峰之作也是高粱。可這成敗之間，畢竟沒有法則，葉華成的兒子葉競榮回憶起這段往事，他說，一切的禍端都是從胡璉喝到了父親釀的高粱開始。

起初還以為從此平步青雲，胡璉禁止金門島上一切私釀行為，只准許葉華成的金城酒廠釀製高粱酒。葉華成卻也是在這個時候，失掉了他的酒廠。

時間正是一九五二，那是金城酒廠成立後的第四年，可是葉華成已經不是金城酒廠廠長，而是被一道軍令降級成技術課長。儘管，葉競榮說，父親當時的月薪高達三千元台幣，遠高過台面上的周新春廠長，但那終究已經不是自己的事業，父親晚年的鬱鬱寡歡，至死不回金門，都是這貪婪人性所害。葉華成最後那年，接受記者採訪，空餘下這句：「除了金門酒廠之外，別的沒有地方，因為我要收復我的酒廠。」

金門高粱酒，那正是戰亂之泉，但也必須成為止戰之泉。如今多少中國觀光客來金門，必買必帶的就是高粱。葉老前輩不可能不知道這一層利益，是關乎全金門人的命脈，所以他默默地淡出歷史舞台。我為我多年前渾不自覺的唐突，從此也默默立下了不再參加調酒比賽的誓言，算是對葉華成老前輩，真正的金門高粱酒之祖，致上綿薄的敬意。

酒的教育不能等

全家便利超商與金色三麥聯手推出啤酒霜淇淋，反應最熱烈的不是我們酒國豪傑，卻是家長團體。

台灣婦女聯合會、勵馨基金會與酒駕防制協會發表聯合聲明，他們認為霜淇淋是孩子的最愛，超商將之做成啤酒口味，容易誤導兒少對酒精的認知，錯把酒品當食品，或者視為對人體有益的食物。令人啼笑皆非的原文我就附在最後面，先來談談關於酒、關於教育的幾個盲點。

如果沒有例外的話，孩子的確是最早接觸到「錯把酒品當食品」的人，但絕對不是全家跟金色三麥的關係，追根究柢起來，禍首應該是孩子的祖母，或外祖母。俗諺謂：「生贏雞酒香，生輸四塊板。」一早在母親坐月子的時候，襁褓中的娃兒便嗅聞過濃厚的酒香，更別說剛進補完的母親，聽見娃兒嚎啕喊餓，情急掏出胸脯，忙著餵母乳的當頭，也囫圇吞棗地把尚未代謝完全的麻油雞酒灌進娃兒嘴裡。不知情還以為孩子變乖，喝沒有兩口奶就睡了，燉了那盅麻油雞酒的祖母或外祖母甚至為此沾沾自喜幫上了大忙。

過早攝取酒精誠固有損健康，但那表示應該把所有的酒都從孩子的目光裡下架嗎？過度的保護以及無限上綱的污名化，真的就能根除酒駕以及一切來自酒後亂性造成的憾事嗎？幸好網民也算頭腦清晰，有人在該則聲明稿的新聞底下回以：「以後酒釀湯圓、燒酒雞、燒酒螺、白酒蛤蜊義大利麵、香檳葡萄冰淇淋、紅酒燉牛肉、花雕雞都禁止未成年食用是吧？」

高手在民間，這則打臉果真絕妙！抨擊酒商提倡飲酒或者只是吃了蘸取少量酒精的食物之前，不妨先回顧一下我們的文化底蘊與生活習俗吧，這上下縱橫承繼了所謂的道統五千年，豈能免得了酒呢？

這人乳又名「仙家酒」，吃足了酒奶的孩子再大一點，我們就得給他擺上一桌「滿月酒」，雖然孩子連個紅蛋的蛋白都吞嚥不了，但這桌酒席大人吃喝得可樂了；等孩子懂事了，聽說白娘娘這等妖精鬼物敗給了純陽的「雄黃酒」，難免要訝異酒之妙用，居然還能斬妖除魔；背著書包正式上學了，課本一打開就說陶淵明「造飲輒盡，其在必醉」；孟浩然又說他跟好朋友「把酒話桑麻」；李清照剛起床就宿醉說她

「濃睡不消殘酒」；還有個傢伙直接拿「沉醉東風」的曲牌來做文章！真要算起飲酒所帶來的舊帳，可以饒過這些騷人墨客嗎？不免也要學一學鄉民口氣，大呼：「教育部不用負責嗎?李白不用負責嗎？」

教育部確實不用負責，因為教育部的方向很正確，適切提到「酒」是歷來文人雅士的靈感泉源，是公侯將相的應酬佳釀，是販夫走卒的活力調劑。酒的問題是喝多了亂性，但小酌卻是足以怡情，甚至能像六朝名士那樣，開拓出遼闊的宇宙人生觀。偏激家長之言，慎不可聽！

酒從神聖的祭品，慢慢走下神壇成為民間的娛樂，開創出一朵朵文化的瑰麗花蕊，這不單是中國這頭的現象，就是看向世界各地，簡直，我完全不敢想像沒有酒的世界，人類會走到什麼滅亡的地步。

酒是先民的藥，輕微的像脹氣、血壓高、偏頭痛、一些沒來由的小毛病，可以服酒緩解；嚴重一點的像瘧疾、外科殺菌等等，都能派上用場。大航海時代，奔走在外的水手海軍們，透過飲用蒸餾過的烈酒，避開了容易受到污染的水，得以在長途的航行中不致渴死，終於開拓出偉大的航道來。

而蒸餾技術發揮在釀酒，更是留下了不勝枚舉的「臨床證明」。

西元一千兩百年左右，匯集了哲學家、煉金術士、科學家等各種專業學者身分的修道士大阿爾伯特（Albertus Magnus），在其專業醫學著作《婦疾祕要》中，整理出兩種專供為藥用的蒸餾配方，並用「Aqua ardens」來稱呼這種配方，意思是「燃燒之水」。看到這個名字的時候，令我心頭一震，因為偽托蘇軾的《物類相感志》也說：「酒中火焰，以青布拂之自滅。」稍有一點吧台經驗的就知道，釀造酒類是不可能點燃的，也只有蒸餾過的烈酒，才有可能形成酒中火焰、燃燒之水的現象。或許，宋代前後，中國也有一定程度的蒸餾酒技術也不一定。只是酒精飲料自宋代以後，逐漸被理學和教條壓制下去，用酒做藥的風潮，並不如歐洲國家那樣雷厲風行，酒是引導藥氣之物，但不再是臨床藥物的首選主角了。

透過酒精純化帶來的龐大商機，西方蒸餾技術的根基益發深穩，歐陸醫學也因此獲得神速的進步。在大阿爾伯特之後，匆匆八十年的時間過去，義大利醫生阿爾德羅蒂（Taddeo Alderotti）出版了一冊《醫療計畫》，描寫了一種可以治療口臭、淨化葡萄酒、保存肉品、提粹植物精華的蒸餾液體，並將其命名為「Aqua vita」，也就是眾所周知的「生命之水」。他雖未提到那就是酒，可是光從他的描述以及那種水的功效來看，觀之但覺酒味甚濃。

元代《飲膳正要》真正說出酒與飲酒者的心聲：「主行藥勢，殺百邪，去惡氣，通血脈，濃腸胃，潤肌膚，消憂愁。少飲尤佳，多飲傷神損壽，易人本性，其毒甚也。醉飲過度，喪生之源。」沒有一樣東西，只有壞處；絕對只有好處的事物，也不存在。古人尚且知道，凡物不可太盡，亦不可太禁，怎麼活到二十一世紀光纖世代了，恍恍然還像個結繩龜卜的未開之民呢？

悲乎，孩子參加大人的喜酒時，又是怎麼看待乾杯文化的呢？只禁不教的家長，貪圖個眼不見為淨，最是懶惰無能的。誠如網友所說的，早在飲食文化中，酒已無處不在，與其遮住孩子的眼、摀住孩子的耳、掩住孩子的嘴，不讓他們沾染上一絲絲的酒氣，倒不如早一點讓他們認識酒的雙重面向，以及酒的文化背景。我想，沒有孩子不愛聽故事的，如果能把酒的起源編成童話故事，帶他們認識酒神戴奧尼索斯所代表的希臘羅馬神話意義，那種上古時代先民對半人半神的浪漫想像，還有足名椎命和手名椎命如何用八鹽析神酒灌醉八歧大蛇，協助素盞嗚尊為民除害的部落開拓史，或者介紹商代人釀酒飲酒風氣與龜甲骨板上，那字字有來頭的趣味性，聽了我都想再當一回孩子啊，我小時候從沒聽說這些跟酒有關的有趣故事，多可惜！敬我那渾渾噩噩的童年！

我其實也很樂意替這些憂心忡忡的家長上一課，調酒課或品酒課。我相信，會關心孩子教育到這種程度的家長，一定也很在意「道統」與一些傳統的美德，更樂於向孩子們分享各種家訓、格言、語錄，甚至希望學校能擇一善本而教之吧！我懂，我當然能懂做家長的苦心，特別是像我這樣自傳統家庭長大的，當然懂。

那麼，就讓我們讀一讀司馬光的〈訓儉示康〉吧！

「吾記天聖中，先公為群牧判官，客至未嘗不置酒，或三行、五行，多不過七行。酒酤於市，果止於梨、栗、棗、柿之類；餚止於脯醢、菜羹，器用瓷漆。當時士大夫家皆然，人不相非也。」

看哪！那個打破水缸救人的司馬光說，他的父親做判官時，如果客人來拜訪，一定會準備酒水相待，最多還可以勸到七巡！酒過三巡就已經超出我微醺告解室對於微醺的定義了，七巡不知道會是多ㄎㄧㄤ的境界。而且酒一定是從市場上買的，也就是說，不是私家釀的濁酒；就算不及官釀的醇酒，必定也是酒質較為純良的清酒。以前我就在想，司馬光破的那個缸，居然大到可以溺死孩子，究竟是用來裝什麼的？看來答案不言可喻了。

唉！看台灣對酒精起了一波波道德酒疹，已然到了數典忘祖、背棄先賢的地步了，這才是真正的「人心不古」啊。五柳先生地下有知，可能都要從菊花叢裡跳出來抗議了。

如果你還是認為，孩子連「酒」的相關圖片文字乃至於實體都不能看見，要像NCC一樣在抽菸的卡通人物香吉士的嘴邊打上更猥褻百倍的馬賽克，那就請把我這本書，跟我上一本書，還有我的網路專欄，全都貼上十八禁、包上封膜、關進家長監控模式裡吧！

別靠近信義區，那裡經常舉辦試飲活動；千萬遠離教會，他們的神可以把水變酒，而且禮拜天都飲葡萄酒紀念上帝；避開地方宮廟，特別是濟公師父辦事的時候，別讓孩子看見；喔對了，更應該關閉公賣局，政府怎能帶頭賣酒？孩子們也別看書了，對吧？隨便一翻，每個詩人都在討論酒有多好喝！

救救孩子……

以下全文照登：

籲請全國家長拒買啤酒霜淇淋　保護兒少酒商通路商應自律

來自公民團體的緊急聲明二〇一八．〇六．〇六

台灣婦女團體全國聯合會
勵馨社會福利事業基金會
台灣酒駕防制社會關懷協會

我們是關心兒少身心健康權益的公民團體，在此緊急呼籲全國家長拒買由酒商金色三麥與通路商全家便利商店共同促銷的啤酒霜淇淋，同時督促其不可販售任何含酒精的飲料與食品給兒少消費者。

請問霜淇淋誰愛？孩子們最愛！

此項啤酒霜淇淋儘管業者號稱為「食品」，但霜淇淋一向受到兒少消費者喜愛，含酒精的霜淇淋恐誤導兒少對酒（酒精）的認知，造成的不良影響令公民團體憂心不已。全家便利商店一向支持贊助兒少關懷活動，現在，我們期待其不拘泥於現有寬鬆的法令，採取自律的積極態度，不可將啤酒霜淇淋銷售給兒少消費者。

根據台灣大學公衛學院前院長陳為堅的研究團隊曾針對兩千六百名國小學童的飲酒、買酒經驗研究發現，兒童青少年喝過酒、造成自行買酒的比率相當高。雖然「兒

童及少年福利與權益保障法」中，明訂兒童及少年不得飲酒，也規定任何人均不得供應酒予兒少，但我們社會很少落實此項法規。

同時，國家衛生研究院也調查分析過，大約三十六%的兒童曾有飲酒之經驗，十一%買過酒。衛福部食藥署「一〇三年全國物質使用調查結果報告」中也指出，酒精已經成為十二至十七歲之青少年，廣泛使用的成癮性物質二十九・六六%，在在顯示本國未成年飲酒及飲酒年齡趨於下降，令人堪憂。

前台大醫院精神科醫師杜恩年提出「未成年飲酒六大危害」，分別為妨礙腦部發育、記憶力、專注力下降、酒精成癮、生殖系統病變、影響睡眠、肥胖，醫療界提醒未成年要特別避免酒精危害。世界衛生組織已揭櫫：酒、菸、毒品為現今世上合法的有害物質，其造成人類健康及諸多社會問題的影響非常驚人，尤其對兒少的身心健康戕害鉅大。

在缺乏「酒害防治法」的規範下，我國是全世界酒類販售最不設限的國家，我們同時呼籲酒商與通路商的販售行銷，應採取高於現行相關法令的自律，不將酒精加入於任何誘導兒少消費者的產品中，避免誤導兒少消費者對酒（酒精）的認知。

保護兒少是普世價值，我們將持續督促此商業行銷的發展。

碗底沉雪

飲下手中的韓國瑪格利濁酒，

這千年歷史長河的一滴，

人類為了能好好地喝醉而改良農業技術，

拓展耕地面積都是為了喝酒。無論吃的是米飯粥糜，

或是團餅糕饢，原來都不過是圖他一醉。

阿珠瑪的GIFT

酒力不佳，但如果有機會走訪異國異地，不免也要貪上幾杯。酒徒走在酒途上，這最是稀鬆平常。

像走入一幕韓劇的鏡頭裡，瑞雪還在天際遲遲不肯輕降，飄渺間只有乍暖還寒的霜露，鎖在路燈下。招牌都是陌生文字，卻又在街頭聽見許多耳熟的語音，眼花撩亂之餘，還頻頻擔心耳朵是不是也糊塗了，原來「康薩姆」是感謝、「修啾」是燒酒，整排燒酒綠瓶子擺滿首爾街邊的吃食攤頭，用軍綠色帆布與透明塑膠棚布搭出了美食夜行軍，林立人行道兩側，我們三人穿梭其間，一時間天旋地轉，不知道要選哪一攤來消磨行程餘下的空白時段。

字不認得，但識得雞鴨魚豬便無妨。爐台上熱騰騰的煎煮炒烤，都是我們甚為熟悉的食物，不消開口詢問顧攤的「阿珠媽」，我們也能選對食物。

所謂的選對或挑錯，其實都跟習慣與體質有關。在食物上，我不是個喜歡嚐鮮的人，安分地數十年如一日，吃同一家店、同一種食物，大概是神經質的腸胃很容易脹氣鬧肚疼，漸漸害怕過度刺激生猛的食物，也就益發吃得保守了。我偶爾也會羨慕同行的人，他們一踏進歷史悠久、攤數飆破五千攤的廣藏市場，便吃得肆無忌憚，恨不得亮出剛買的韓國鐵扁筷，唰唰唰唰地在攤與攤之間奔走，把各種攤前的小食都挾上一口。羨慕終歸是羨慕，離開國境之前我早有覺悟，大凡到了韓國、泰國、印度這些把熱情展現在餐桌上的國度，就得乖乖做個只吃粗糧的難民，我的經驗告訴我，「看起來不辣」的菜式，多半都會超過我的堪辣度。

我幾乎不堪吃辣，最多只能吃到黑胡椒這種等級，於是沾醬偏甜的海鮮煎餅、素淨清新的綠豆煎餅、甜鹹適度的炸醬麵，就成了我這趟首爾行的救星。只要省去韓國辣醬，這些清淡簡樸的精緻澱粉，就算容易膩人，至少不會餓著。

細數起十多天的自由行，只有馬鈴薯排骨湯跟春川辣雞的辣度逼人，讓我無處下箸；也幸虧是愛妻挑過的餐館，其湯底或醬味雖都是一色的辣，餐館的菜單尚備有人蔘雞湯，或濃稠雪白的牛骨湯餃、原汁原味的石頭烤肉可以選擇。同行的人多所妥協，選餐廳的時候考量周全，專挑菜款多樣化的餐廳，豐富了我舌尖上的韓國，才不至於餐餐都吃拌飯與煎餅。

走入味覺紛雜的夜市更是如此。選定某攤，是好友走在前頭，先確認攤內販售的吃食有火辣的泡菜煮物，也有鮮甜的魚介烤物，他才熟練地揭開了塑膠棚布的一端，領著我們進去。像是回到他熟悉的京都那樣老練地拉開暖簾，向阿珠媽點頭致意，用他剛學來的韓語道晚安，十足的和式作派，阿珠媽也肯買單。

那是一間專賣碳烤海鮮與炒年糕的攤子，我們在街頭走了幾圈之後，決定繼續順著韓劇的情節發展，躲開寒風，鑽進塑膠布棚內，烤點海鮮，配上真露燒酒，聊到酒興方濃，再搭最後一班電車回旅社。

初春的首爾街頭，入夜依然甚有涼意，約莫是台灣尋常冬夜的氣溫。而烤爐的炭火嗶嗶啵啵，暖熱的氣流在行軍棚裡不斷湧動，鄰桌酒酣後的各種鬧語，伴著四逸的潮香，意外地讓人有股安心的感覺。歡醉的異國人，特地讓出了今夜的桌席，請我們把買多的伴手放到桌椅上，我們闖入了他們的生活，此時之此地，友人特有感悟，說了一句日本俗諺：「袖を振り合うも多生のご縁」，其情深切，像是在談我們之間。即使只是袖子與袖子相碰在一起，都是多生累劫的緣會，難能可貴，何況是並席而飲，同途而旅呢！

點了幾粒蠔與貝，還有兩尾當季的鯖魚，一人一瓶真露，各選一種口味，交換喝。阿珠媽把蠔貝和鯖魚都放上烤架，另外又秀出三隻大蝦，對我們晃了晃，擺上烤架，殷殷地笑著用英文說了句：「Gift!」才轉身去透明小冰箱拿真露。在真露耀眼的

綠瓶之光裡，冰箱底下還有一整格滿滿的濃白色寶特瓶，看樣子也是酒；好友問起那些是什麼酒，阿珠媽便知來意，拎出一支飲剩半瓶的酒，在她回以韓語「막걸리」，乍聽見瑪格利的同時，阿珠媽已經順手抄下一只金色帶耳的鋁杯，倒了一小口請好友先嚐嚐。動作俐落簡潔，任是哪一間夜店酒吧的妙齡酒促也難望項背，應付過太多像我們這種被韓劇迷住的觀光客，一出手，就知道這阿珠媽果真是老江湖。

那就是傳說中，白如米汁雪水的韓國濁酒瑪格利，在金杯裡搖晃，好友不過輕唇沾上些許，頻頻點頭，闊氣地直接再追點一整瓶。

接下來的旅程裡，好友的後背包隨時都插著一支寶特瓶的瑪格利，有原味純米，還有十穀混搭，甚至喝得到起司、栗子、水蜜桃等各種口味；被他當水喝的瑪格利，聽他說來有一種醇厚的米穀香氣，是一般的烈酒所不能相比擬的。

和食物不同，我對酒的好奇心倒是很高，只要是沒喝過的酒，多少都想來個shot。阿珠媽又多拿了兩個金碗，歡迎我們多喝點韓國的傳統酒。順應著她的好客，我們連酒帶肉，比預計多吃了兩盤烤魚。正式喝了人生第一杯瑪格利，便欲罷不能地喝下去，愈喝，我也就愈能理解，好友之所以會無可救藥地愛上瑪格利，絕非偶然。

在我跟他認識的十多年間，每逢冬天，他一定會去台大新生南路上的一家湯圓店報到，為的就是吃上一碗酒釀湯圓。他對酒釀的愛好，表現在他對瑪格利這個新歡的接受程度上，是非常合理的現象。

酒釀、糵藥、甲骨文

酒釀又稱醪醴，根據《說文解字》所解釋的醪，謂之：「汁滓酒也」；醪是古代的醴酒，《禮記．喪大記》對於醴酒的飲用有其規範：「始食肉者，先食乾肉；始飲酒者，先飲醴酒。」可知醴酒之醴字，與古代的禮儀息息相關。漢代學者高誘注的《呂氏春秋》則寫道：「醴者，以糵與黍相體，不以麴也，濁而甜耳。」穀物發芽稱為糵，用糵而不用發霉的麴菌，釀出顏色混濁、酒精濃度低且味道甘甜的酒，就是醪醴。相反的，使用麴菌發酵的酒，就如同今日的紹興黃酒，酒體更為澄澈，酒精濃度也略高。

在蒸餾技術進入古中國之前，釀造酒一直維持著既定的規範與限制。釀造酒必須製作「酒藥」，也就是「糵」或「麴」，其成分即是現代所謂的酵母菌，《禮記．月令》：「乃命大酋，秫稻必齊，麴糵必時，湛熾必潔，水泉必香，陶器必良，火齊必得，兼用六物。」可見穀物的充足和酒藥製作的時間點，是最為重要的關鍵；因為其他水泉、火候、陶器等等，顯然都是較為容易克服的變動因素。按照時間推算，中國古代慣於做麴的日子是六月三伏天。根據宋代朱翼中的《北山酒經》記載：「凡法，麴於六月三伏中踏造。」暑日就是製麴的季節，而麴製好之後，待到穀糧收成之日，利用產量過剩的稻麥等作物，製作酒類，就可以減輕製酒對糧食需求的壓迫。

醪醴的製作技術也陸續傳入日韓，大概也就是我杯中這口瑪格利的祖先吧。韓文不懂，趁同行好友還沒被瑪格利醉倒，請他幫忙找出日本官方極為重要的典章制度集成圖書《延喜式》，裡頭就清楚記載了這種醪醴的製作方法：「醴酒九升料，米四升，糵二升，酒三升。」

九升的醴酒，必須用到四升米、二升糵和三升的酒。

怎麼會釀個醴酒還得另外加酒呢？

原來《延喜式》另外提到釀「酒」的材料是：「酒八斗料，米一石，糵四斗，水九斗。」八斗的酒，得費去一石米、四斗糵和水九斗。這裡所說的「酒」，按照高誘的說法，其實已經就是「醴」了，只是日本的醴酒不知何故又多釀了一次。慎重其事，大概也是跟祭祀有關吧，時至今日，日本祭神用的御神酒，都是各家酒場的銘柄佳釀，每一罈祭神的酒，都馬虎不得。將這些資料參酌起來，不難明白，這可能又是一次「禮失求諸野」的歷程，只是這次真的是「禮失求諸野」了。

再觀當時傳入日本的濁酒，文獻中本來稱為「濁醪」，後來發音逐漸訛變，成為今日的「どぶろく」，按照年年舉辦的「全国どぶろく研究大会」統計，每年都有將近一百種不同酒藏出品的濁酒參與評選，造就釀酒藏人更努力精進於技藝的保存與革新，更帶動起整個市場經濟。單純從色澤、口感、酒體狀態來判斷，應能看出日本的濁酒、韓國的瑪格利、中國的酒釀、台灣的小米酒，皆是系出同源的親戚，只是礙於釀造技術的差別，或是盛產穀類不同，導致各種濁酒文化特色紛呈。書典文獻的紀錄僅能提供觀點，保存下來且還能正常生產飲用的酒類，或許才是最實際的研究對象。促成我的韓國行、日本行，濁酒功不可沒。

簡要言之，不管是醪醴還是濁酒，都必須先將穀物煮熟，然後加入蘗藥做為催熟劑，才能使米穀的汁水發酵。這種釀酒法與亞洲地區以稻黍為主食的粥糜文化有關，特別是商代出土的許多古代陶器，都直接為濁酒的身世做了見證。

最早的陶器可以推至西元前八千年前，起初，這些陶器被發明用來盛裝稻黍這類細碎的食物，這點可以從甲骨文的「稻」字看出端倪。甲骨文的「稻」，寫作「

」，上半部的形符是「米」字，一橫六點，象徵細碎物體；而下半部的形符構件，就是裝米的容器。位於今日河南安陽一帶的殷墟，出土很多類似形狀的陶器，古代的黃河流域並非稻穀最佳的生長地區，亦非原生地，根據一些甲骨文卜辭可以發現，以殷商作為主體而言，稻是南方的外來植物，因為利用陶器將稻米運到殷商的都城，所以才寫成了「」字。

同樣的情況，還有「」，右邊三撇象徵液體，左邊錐狀物，就是盛裝液體的陶器，而「」這個字，其實就是「酒」。釀酒的酒器做成錐狀，可以插入土中，調節溫度，讓米穀慢慢熟成發酵，所以形成這種字體。

根據卜辭和出土文物的參佐，中國古代先民的飲食習慣，應是偏向將穀物加水煮熟的粥糜類食物，所以陶器的發明與運用才會這麼多元。一般的論點認為，因為古代保存食物的技術不足，煮熟的穀糧沒有吃完，在適當的濕度與氣溫下開始發酵，滲出汁水，先民蒐集了這樣的汁水，發現這些汁水不僅醉人，甚至還能通神，便開始思考量產的可能。

倘若由是觀之，那麼科技果真是來自於人性了。不知道我這一趟吃下來的許多米麵類食物，是否也早已在我腹中悄然地成為佳釀？相傳有一種腸胃道益生菌叢病變的症候群，身體錯把麴菌留在腸胃道中，導致吃下肚的澱粉都會自體糖化轉變成酒精，最後被腸道吸收，進入血液，無時無刻都可以保有飄飄然的醚醉神智。我這種食量不行、酒量也頗差的人，不可能變成行走的人體釀酒機，就算變了，釀出來的酒質一定也不夠好。

能飲一杯無？

十多天韓國自由行，雖然是陪著妻子好友賞櫻，但有一部分也是為了考察韓國酒文化，算是作了些功課才登機的。從網路文獻與沿途的觀光介紹中得知，除了音譯為瑪格利的（막걸리）之外，根據那乳白色的外觀，瑪格利也被稱為「濁酒」（탁주）；或是依照酒滓的懸浮，有些地區稱為「滓酒」（재주）；而那種不過濾也不添火的瑪格利原酒則喚作浮蟻酒（부의주）。

可見韓語保留了很多古中國濁酒的痕跡，這些名稱初聞但覺耳熟，等到我們喝到好友從樂天超市買的另一種沉澱物特多的「瑪格利」時，我才驚覺原來手中金碗裡的濃白酒湯，浮著應是麴菌的漂浮物，不就正如唐代詩人白居易所寫的「綠蟻新醅酒，紅泥小火爐」嗎？或者說，詩人白居易將瑪格利原酒過濾加熱成瑪格利的過程給寫了出來，新醅酒原來就不是直接喝，而是要特別煮過的，所以才需要準備小火爐。回台後，我曾拿好友喝的瑪格利酒標搜尋，日本酒商將這種很多沉澱物的瑪格利原酒，取了一個「生瑪格利」的日本名字，也算是切中題旨。

年幼無知，在踏上韓國之前，始終沒親眼見過真正的綠蟻酒。一度以為酒面浮著螞蟻是很骯髒的，或是酒壞了才會生螞蟻，況且還是綠螞蟻；後來知道，原來是米末或麴菌像水面漂浮的螞蟻，所以詩人才出此言，但長了綠螞蟻的新醅酒，顯然與愛喝年分的台灣飲酒文化大相逕庭。至少到現在為止，台灣的飲酒文化中還是很看年分，不管是紅白酒與葡萄收成的關係，還是威士忌儲桶的時間，年分成為一種識別用的標準，儘管這個標準很粗劣且不一定真的能代表什麼，但礙於一種飄渺的想像，類似「女兒紅」或「狀元紅」的錯誤對比，台灣飲酒的習慣依然把年分看得比什麼都還重要。

然而新醅酒這種東西，會被詩人拿來歌頌，肯定有其獨特美味之處，不是三言兩語可以道盡，更不是單純看年分數字就能喝懂的。

瞄一眼隔壁桌的酒客，果真有人拜託阿珠媽把酒放到爐上烘一烘，甚至放一小截辣椒，專喝溫熱暖喉的瑪格利。攤內販售的不是生瑪格利，但這種櫻花飄舞的季節，尤其暗夜風涼，將雪未雪，特別適合喝溫酒。那也就讓人想到了詩人的後半聯：「晚來天欲雪，能飲一杯無」的意境，果真如是。

關於喝溫酒，也曾是超乎想像的事情。儘管國文老師課外補充了一些「煮酒論英雄」的典故，不過是很隱諱地略略提及，卻不曾說明酒要怎麼溫、溫到什麼程度，才是最好的入喉時機。大概在我踏入業界以前，看到的酒，不管是都會愛情電影常出現的紅白酒與香檳、黑道槍戰片常常有的威士忌或白蘭地、路邊台式日本料理攤頭的清酒，包括父叔輩較常舉杯的高粱與啤酒，都是冷的喝，根本沒有人會把酒拿去熱。直到有一次，在《櫻桃小丸子》看到一種插電式的溫酒器，估計那就是小丸子父親阿宏最常用的家電之一了，這才恍然大悟，原來酒真是可以溫溫地喝。親身走訪日本，更是在他們的居酒屋裡，看到一排和土瓶蒸一起隔水加熱的燒酒，豪氣地放在店內最顯眼的入口處，向寒風中往來的過客招起暖洋洋、醺陶陶的手，輕酌一小口，溫酒的暖辣浸潤肺腑，真正達到驅寒壯膽之效，顯然連武松當年都是靠這種酒，才有本事上崗打虎。

這也是我對溫酒的唯一印象，扣除入菜的燒酒雞或痲油雞，打了顆蛋花的酒釀湯圓，那熨燙的口感和飄緲的酒香，很勉強地只能這樣想像，皇叔與丞相當時坐的亭子裡，大概就是瀰漫著這樣的香氣吧！白居易跟劉十九對酌的，也應該是這種溫度吧！愛吃酒釀湯圓的好友，迷上瑪格利，後來還自己買了一套金勾杯回台，時不時就買支瑪格利，自斟自飲，不亦樂乎。

多喝了幾杯溫熱的瑪格利，思緒有點跳躍了。韓國有瑪格利，台灣有小米酒，日本也有濁酒和甘酒，這些酒的淵源應該都是系出一脈。陶淵明還舉起酒罈子，說他「濁酒聊可恃」，就解下了頭巾，把濁酒濾上一濾，三兩濁酒濾出一兩多清酒，飲罷，葛巾還戴回頭上，一整天饒有餘香，果真是酒氣沖天。那麼，濁酒究竟是怎麼興盛於歷史的長河，又是怎麼自我們的飲酒文化中「Fade out」的呢？做為一個特別喜歡研究酒類文化的調酒師，我的韓國之旅後半段，幾乎都陷在濁酒之中，搶著喝好友背包後的瑪格利，想辦法要記住韓國濁酒的各家特色，追索出濁酒的身世。

沒有酒神的國度

根據甲骨文對周祭、王事的一些描寫，可以知道古代的酒，是一種儀式性非常強烈的飲品，「醴」與「櫱」字都常被刻在龜甲背骨上，卜辭內容也都是卜問國家的重大事件與祭祀，出現的場合常是關於神鬼祖先的祭祀或是王室貴族和外族勢力的席間飲宴。這個現象其實也普遍出現在世界各地的上古人類文化中，因為喝醉後的精神狀態，能貼近先民崇拜的原始鬼靈信仰，巫師與祭司運用酒精來引導儀式進行，他們操弄對未知的恐懼，在飲酒後的恍惚狀態中，做出一些詭異嚇人的舉動，讓人誤以為他們被神靈附體；如果再對那些已經被他們灌醉的君王說三道四，那力量絕對強大到可以影響國家決策，甚至足以領導一個國家或部落，將國王當成傀儡般耍弄。

商代人對酒精與祭祀的重視，到了周代就被徹底反轉，從此可以說，凡受到中國文化思想影響較深的國家，都對酒這種嗜好品飲料有一種又愛又怕的心理。這是我推想的一種，關於濁酒消失的原因。

釀酒與飲酒這件事情，本乎神靈，但因為周代人尚好理性人文思辨，將商代的滅亡歸罪在他們過度迷信侍奉鬼神之故，連帶著就把祭祀用的酒也打成亡國罪寇了。因此周公代替成王寫了〈酒誥〉，把喝酒視為有傷道德的行為，規定「飲唯祀，德將無醉」，祭祀宴會才可以喝酒，其他時候一概不許飲酒，飲了就是無德之人。周代的祭祀更不像商代那樣具有實質的政治影響力，比較偏向形式上的跑跑流程，用盛大的祭祀儀式來光耀周天子的恩威莊重而已，酒的實用性質與地位，可以說是一落千丈。從此，祭祀與酒的關係雖然沒有被周代人徹底切割，但酒的神聖性與污名化便日趨對立，兩者恍兮惚兮冥冥若存，更是間接影響了鄰近的文化。我大膽推測，除了酒質本身的口感之外，濁酒的聲勢在中國漸漸趨弱，或許也和這些意識形態有關。中國是沒有酒神的國度，儘管商代發展出多樣祭祀文化，酒只是通神的工具，本身並沒有被賦予靈力，而且商代的祭祀最終都是為了政治而服務，酒神戴奧尼索斯或日本松尾大神，用酒來狂歡、來拯救世界的傳說，從未在中國先民故事中出現過。

研究日本與韓國的歷史學者與人類學家認為，雖然中國釀酒技術發源得很早，但日本與韓國本地應該在中國將釀酒技術傳入國內之前，就已經和世界上其他人類古文明一樣，自然而然地從食物的發酵反應中，發展出某些釀酒與飲酒的習俗，而這些習俗，是人類對自然的崇敬觀念而來，特別是日本與韓國的釀酒歷史，都參雜了他們各地的原始信仰觀點，顯然不是單向性地從中國那裡習來的。

因此，雖然日本與韓國都曾接受過儒家思想的洗禮，但酒的污名化，這種源自於商周兩朝的意識形態對立，顯然沒有過渡到日本與韓國。偶能在他們的歷史文獻中看到政府禁酒的措施，但那是農業民生問題，與意識形態無涉。日本與韓國正式與中國頻繁接觸的時代，約在隋唐兩代，尤其唐代更是中國漫長歷史中異常開明的一代，思想風氣崇尚自由，今天在日本與韓國的建築、書法、文字、飲食等等，都能見到大唐盛世的影子。

可以說，日本與韓國接觸到儒家宰制力道較弱的唐代，學走了一些當時才有的特殊風潮，又各自與固有習俗交互作用，才發展出他們今日的文化特色。而濁酒能在日本與韓國暢行千年，保留了濁酒的釀造技術，一定也和這樣的脈絡有些許關聯。

反觀台灣原住民就非常推崇酒的神聖性，顯然這也是因為沒有受到中國傳統道德觀念荼毒的緣故，從許多貼合著小米神話傳說的各種祭祀與禁忌得知，在小米播種到小米收成，乃至於釀為小米酒的過程中，不能隨便觸犯禁忌，否則就會惹怒神明祖靈，導致釀酒失敗，最嚴重者會影響明年收成。

排灣族至今還保留一種讓處女嚼爛小米，以催化小米，使其發酵的釀酒儀式。不過，《諸羅縣志》沒提到釀酒的人是婦女或少女，也沒談到小米必須先蒸熟，但只說：「搗米成粉，番女嚼米置地，越宿以為麴，調粉以釀，沃以水，色白，曰姑侍酒，味微酸。」而一六九七年郁永河的《裨海紀遊》更是寫成「聚男女老幼共嚼米，納筒中，數日成酒」，看起來又有點隨便，不像排灣族那麼慎重其事。由於族群之間的差異甚大，各族釀酒的規定不一，一鄉一里一風俗，每個族群部落對於釀酒都有不同的觀點，但是釀造法都是口水嚼釀。

《魏書》曾提及高麗北方的勿吉國：「嚼米醞酒，飲能至醉。」而出於日本神道教系統的釀酒文化，有很多祭典也會讓巫女來擔任嚼米釀酒的工作。可見釀酒這件事情，的確不只有單向輸出入關係，也有很多是地方自體形成，像人體自釀機一樣，對穀糧投之以櫱蘗或麴菌，自然就在陶碗中釀出了芳醇迷人的液體。

不管是吃剩的飯還是特地嚼過的糧，酒之所以會被釀成，就是跟唾液有關。這一點，甚至可以在北歐神話《埃達》裡看到，有一種神祇唾液釀成的卡瓦希爾，能令飲用者與神靈溝通。

利用唾液中的酶，將澱粉分解為葡萄糖，加上酵母的驅動，使糖轉化為酒精的釀酒法，古代人不懂其中原理，將發酵反應視為神靈的工作，釀出來的酒又可以通達神明，因此釀酒才會與神聖儀式密不可分，特別揀選未成年女子的唾液，就是取其清白無染的象徵意義。

濁酒退場

我依稀記得，大學時代便讀過：「濁酒不銷憂國淚，救時應仗出羣才。」那還只是清末民初，秋瑾的詩句而已，何以今日竟看不到有什麼特別有名的中國濁酒了呢？除了在吃不在喝的酒釀也算是濁酒產物，似乎只聽說過陝西有一種軟糜子渾酒，是農人的私家酒，又喚作稠酒，但相比於韓國隨處可見的瑪格利，還有日本每逢佳節必飲的甘酒、大小酒藏出品的數百種濁酒，中國的濁酒顯然只是很小眾的地方性飲品而已。

要談濁酒的消失，得回歸釀酒業的問題；而釀酒的根，就是來自於古代的農民。酒與農業的關係絕對是密不可分的，絕大多數的論點認為，當人類的穀物儲量有了剩餘後，才開展出酒的飲用，但也有另一種觀點，對調了酒與穀物的因果關係。有一派學者咸信早期人類以漁獵採集為主要謀生方式，肉品或漿果才是最重要的食物，至於米穀類的種植，其實是為了釀酒而開始發展出來的技術。王國維的高足吳其昌就支持這種說法，他認為古代中國種稻黍都是為了釀酒；賓夕法尼亞大學的教授Solomon H. Katz, PhD也認為，人們是為了想喝啤酒而開始學著下田種植米麥等穀類。這派論點當然也從先民遺體的腸胃菌叢、墓穴開挖出來的食物遺跡等不同面向的證據，獲得一定的支持度，而且細推起來，對天象災疫戒慎恐懼的先民，要用大量的酒精祭神、與神溝通，以平息天怒，那麼，增加穀物的種植面積，以達到釀酒需求，似乎也是頗能順理成章的說法。

兩造立論莫衷一是，而且各有理據，但大致上可以確認的是，整個亞洲地區特別是以米穀為糧的文明，應該都有類似的釀酒方式，也都曾飲用相似的酒。

東漢年間多次禁酒都是因為農作歉收，文獻上可以看到「和帝永元十六年，詔兗、豫、徐、冀四州雨多傷稼，禁酤酒」，還有「桓帝永興二年，以旱蝗饑饉，禁郡國不得賣酒，祠祀裁足」等記載，甚至連對酒當歌的曹操都曾上表禁酒，可見，酒與農業的關係，礙於收成的好壞，嚴重到足以動搖國本的地步。然而，官方的禁絕，無法遏止民間的私釀，禁之又禁，永遠不能徹底斷除人們對酒的渴望，最後終於發展出酒稅制度，將釀酒納為國營事業。唐德宗之際，官府自置店酤，收取利益，以資助軍費，私釀者論其罪，慢慢地確立了中國古代的酒稅制度。

無獨有偶，朝鮮王朝的實學家丁若鏞也曾經上書正祖皇帝，憂心人民對燒酎的熱愛會發生糧食短缺的危機，希望能約束或者禁止人民私釀燒酎，間接證實了米糧與酒類文化的關係，一直是形影不離、互相牽引的狀態。

《齊民要術》提到的上時，其實就是古代農民在評估過糧食儲存量後的選時標準：「十月桑落初凍則收水釀者為上時。春酒正月晦日收水為中時。春酒，河南地暖，二月作；河北地寒，三月作；大率用清明節前後耳。」最好的釀酒時間以舊曆十月為善，氣溫偏低，麴蘗的發酵作用容易控制，對糧食的衝擊也較小。

日本清酒至今也維持著寒造酒的傳統，其實就是源於德川幕府於一六七三年下達的「酒造統制」禁令。由於製作清酒需要大量的米糧，為了不讓食用的米穀被製成酒水，德川幕府利用限制與獎勵的方式，讓釀酒業者逐漸適應在秋收後的寒冬時節，調整酵母的發酵速率，讓酒的熟成更見圓熟。日本清酒的飲用期限，一直也是被熱烈討論的問題，按照寒造酒與釀造酒的觀點來看，即使保存期限打印了一年半載，無論如何還是盡早喝完吧！

與中國文獻和日本寒造酒的歷程相佐證，瑪格利的別稱如「農酒」（농주）與「家釀酒」（가양주），足以證實中日韓台等各種不同穀物的濁酒，就是這個地區的先民，最早飲用的酒類。再回到日本《延喜式》的脈絡，或許，古代釀出來的酒，本身就是缺乏過濾的一種原湯，那麼白濁且浮有米粒的瑪格利，當然是脈出於古代濁酒的酒類了。

現代的中國時興各種濃烈的白酒燒酒，可能就跟糧食匱乏和保存技術有關。中國的盛世其實都不算太長，而且就算唐宋明清有相對穩定的政局，但各地民亂依舊，我猜想，民間對酒的需求一定不會消退，而且只會逐年增長，而濁酒的酒精濃度這麼低，得多喝好幾杯才能進入蒸餾白酒燒酒的醺感，既然飲酒只圖一醉，那白酒燒酒後來居上，也是理所當然。

明代宋應星的《天工開物》特別整理了可能的因素是：「古來麴造酒，蘗造醴，後世厭醴味薄，遂至失傳，則並蘗法亦亡。」表面上說是嫌酒味不足，其實就是太難喝醉了，很浪費糧食。動盪的時間比和平的歲月長，田園容易荒蕪、放著也容易腐敗的濁酒，就愈來愈沒有在市場上生存的優勢了。

蒸餾傳來

或有人以為蒸餾技術自宋代已見蹤跡，但從幾個線索可以窺見這種說法的漏洞。第一，宋代約莫是日本的鎌倉時代，當時宋日之間的貿易與交流，雖不若李唐與平安王朝那樣鼎盛，但往來的船隊仍不絕於縷，如果宋代就已經有蒸餾技術並且發展出白乾燒酒，那麼日本的燒酎不可能遲至戰國時代才誕生。燒酎是日本人口中的南蠻人，也就是英國、葡萄牙、西班牙等歐洲人士帶進九州的，這些南蠻人與薩摩藩合作，種下了從印加古國帶來的番薯。做為米穀類的替代糧食，餵飽了軍民，也壯大九州諸藩的聲勢，番薯的日文「薩摩芋」不脛而走，產量過剩的便投入蒸餾酒的製造。「薩摩芋」就是番薯，但原產地並非薩摩，倒是番薯之「番」字表露出它的身世產地，它的鄉親還有「番茄」、「番麥」、「番石榴」，全都是美洲大陸的產物，也就是說，在哥倫布之前，全世界的主要文明都沒人吃過這些農作物。光是這樣想就很有趣，義大利人的飲食習慣用番茄之兇猛，居然還不到五百年歷史！而日本透過外來文明的引介，開始種植番薯，做為替代糧食；待蒸餾技術隨著葡萄牙人的登陸種子島，便將產量驚人的番薯，蒸餾成現在所看到的薩摩燒酎。

從此，九州勢力伴隨著番薯與燒酎，深入本州島，在戰國時代發揮了莫大的影響力，知名的將領如島津義弘、鍋島直茂、大友宗麟，無論在關原合戰前後，這些舉足輕重的大人物，都是啃番薯的九州人士。九州勢力甚至長驅直入，遠抵位於江戶的德川幕府，二〇〇八年放送的大河劇《篤姫》，嫁入德川幕府成為將軍正室的女主人公天璋院，就是島津家的養女。

而另一段線索，是中國人自己說的。《本草綱目》紀載：「燒酒非古法也，自元時創始，其法用濃酒和糟入甑，蒸令氣上，用器承滴露。」李時珍推斷蒸餾酒是元代創始，但嚴格來說，是元代從中亞引進的技術。畢竟早在十世紀左右，也就是宋代還在跟鎌倉時代的日本進行貿易交流的時候，中亞與東歐已經將蒸餾技術應用於醫藥、香水、酒精等溶劑之製作，元代人打進中亞，帶回蒸餾與燒酒，也只是順手牽羊罷了。

也就是這個時候，年年向元朝進貢的朝鮮王朝，也從元人手裡學到了蒸餾技術，市占率笑傲全球的韓國真露燒酒，就是這個時候誕生的。

蒸餾技術最早出現兩河與埃及文明的鼎盛時期，埃及就有用椰棗來蒸餾酒的紀錄。但真正要到中世紀的阿拉伯人手裡，蒸餾酒的技術才算穩定，醫王伊本西那開展了蒸餾技術的應用，包括植物精油與消毒酒精，都算是他的功勞。可是這段時期的東方尤其中國，自唐代怛羅斯之役後，就很少與中東有往來了，要到元代的版圖擴張，才重新認識了這片土地的文明，也因為如此，必須仰賴蒸餾技術的中國白酒，最早就是出現在元代。

元代與高麗曾有過密切關係，自然就能從文化的傳遞方向推導出中國白酒先於韓國燒酒的答案了。日本燒酎跟中國白酒、韓國燒酒同是一個系統，只是當年元代未能攻下日本，也因為這樣，日本的蒸餾酒技術遲至十六世紀，相當於明代的時候，才從暹羅這條航路北傳琉球，進入九州島薩摩藩。陳侃的《使琉球錄》寫道：「酒清而烈，來自暹邏者，比之麵米春醺，人更不須一盞，予等但嘗之而已。」陳侃喝到的應該是琉球的泡盛，根據他的敘述，酒清而烈，不必一盞就很有醉度，十足是蒸餾白酒的特色。既泡盛之後，蒸餾技術繼續北傳，這才進入九州島，徹底翻轉日本的釀酒工藝。

也就難怪唐宋以前的詩文，動輒就千杯不醉、會須一飲三百杯，按照釀造酒的酒精濃度，杯子選個小一點的，要三千杯都不算難事。

看樣子我不只貪上了千杯千杯又千杯，還多嘴了好多話，而且大抵都是我的隨想和猜測，根本沒個準兒。沒辦法，我在這個寒櫻將盡的異國，遇見一個幾乎消失在固有文化裡的東西，帶上了幾分醉意，難免聒噪，諸君姑妄聽之。只是下次飲用濁酒系列的酒水時，多欣賞一下這碗口的浮蟻和碗底的沉雪，那可是上下縱橫將近一萬年的活化石啊！

杯口浮雲

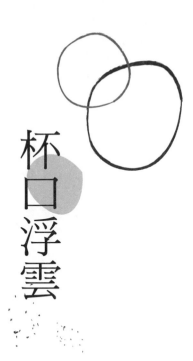

「能喝酒的大人，就把乾淨的清水讓給孩子吧。」

因為長期缺水而在網路上流傳的一則玩笑話，是五百年前歐洲真實上演的日日家常。喝啤酒不僅補充水分，還能充飢，所有的大人都去喝啤酒，就可以幫助國家度過歉收的荒年。

安東尼奧喝到添加忽布花的啤酒，在日記裡絕讚不已。他可從來都沒想過有那麼一天，他的子孫會帶著一大把忽布花的種子，跑到那遙遠的虛浮島嶼上，協助島上的居民，讓他們也有自給自足的能力。說自給自足，是真確的，或許用現代的眼光來看啤酒，那不過是繼葡萄酒之後，又一種交際應酬的助興之物，但包括安東尼奧還活著的那個年代，有很大一部分的原因，人們喝啤酒是為了可以少吃一點麵包。至少日耳曼人這麼認為，《阿勒曼尼律法》明載著十五單位的啤酒、一枚金幣的豬肉、兩單位的麵包、五隻雞外加二十顆蛋，都可以是上繳給主教的物資。如果不是為了填飽肚子，啤酒何德何能與這些食物並列第一呢？啤酒提早將麵包保存成液體，隔絕空氣和細菌後的桶樽啤酒，讓古代人避開吃到酸腐麵包與受污染的水源而中毒的危機，豐厚的氣泡容易讓肚子感到滿足，自然而然，原本極為鄙夷啤酒的羅馬人，酒神戴奧尼索斯的後代當然要喝葡萄酒，但也默默地開始愛上啤酒了。一直到抹大拉洪水與後來接踵而至的瘟疫大流行，啤酒都很有效地成為一種活命的泉源。網路笑話從來都是有所本的，關於「大人能喝酒就把乾淨的清水留給孩子喝」的缺水笑話，在安東尼奧看來，那還真是非常務實的選擇。幾次的洪澇與旱魃天災，食糧與清水嚴重短缺，能喝酒的就別喝水，這樣的運動在各個國家都盛行過。

大人好好喝啤酒，新鮮的麵包就留給孩子吃吧！

仔細地將忽布花種子用乾淨的棉布包好，才收進軟皮囊裡。這是得來不易的種子，祖母希望安東尼奧將它們種往南方，哪裡都好，可以是任何一個還沒有忽布花的地方，最好當然還是修道院內，因為那代表有人會持續照顧它。安東尼奧謹記著祖母的交代，愈往南方走，就要愈注意補充水分。出門的日子一延再延，也是祖母說，不能再拖了，否則聖誕節都走不到聖地雅哥；在路上遇到風雪，會有生命危險；秋天要小心野豬棕熊灰狼，牠們可都是要儲糧過冬的；寧可多留點汗吧，但還是要小心有毒的蛇或蜘蛛。祖母嘮叨慣了，在石砌老屋裡忙進忙出，嘴巴和手腳都閒不住，還不到午飯時間，一陣陣濃郁的麥香充滿石室，祖母顧著那鍋滾沸的麥汁，嘴裡不時還向聖布麗姬祈求，希望這批啤酒可以順利釀成，幫安東尼奧賺一點旅費也不錯。而安東尼奧只是笑著看祖母那頭銀白的髮絲，和這一切的發生。

祖母從遙遠的愛爾蘭嫁到這裡，女兒和女婿都在戰亂中離散了，她便靠著一窩雞和釀製啤酒的手藝，照顧安東尼奧他們這一代孫兒們的成長。她將聖布麗姬視為主保，小鎮裡只有她把聖布麗姬的圖畫放在十字架旁的木台子上，人們都知道那是關於她祖籍，還有養雞的緣故，卻不曉得，「孤兒」也在她的庇蔭之下茁壯。聖布麗姬保佑雞農以及其他所有靠著禽鳥謀生的人們。安東尼奧也理所當然地相信聖布麗姬會替他帶來好運，不管是旅途上還是事業上的。聖布麗姬曾在安東尼奧身邊施展過太多不可理解的神蹟，包括祖母曾經煮一鼎麥汁，煮過頭，煮到昏睡在椅子上，待醒來後，想不到那柴火已盡，而麥汁才剛熟不久，銅鍋子連一點焦痕都沒有，免去了一場火災。這種無法解釋的事情太多了，安東尼奧也就願意跟著祖母，相信這一切，包括自己跟兄弟姊妹可以平安長大，都是源自於聖布麗姬的守護。

聖布麗姬曾經向一位領主募捐修道院的土地，當時吝嗇的領主卻只願意給她「一件斗篷」大小的土地，沒想到聖布麗姬帶著三位修女，一人執著斗篷的一角，往四邊跑去，那斗篷蓋天罩地，將領主的山野都遮蔽了起來，領主當下感動受洗，終生服事於聖布麗姬建立的修道院。這一勁兒刷開衣服，便將天地掩去的故事，不獨愛爾蘭特有，新羅王子金覺喬，向閔公募「一領袈裟」之地，也是信手一抛，整個九華山頭盡歸袈裟底下，這才建立起九華山地藏道場的傳奇。

大抵宗教故事都是一個套路發展下來的，對信仰誠摯的人來說，每天能順利呼吸就是奇蹟。祖母刷地打開了窗簾，沒有什麼天地盡包，但卻納入窗外熊熊烈日的光華，外頭熱辣陽光掃進陰晦石室內，麥汁好像又更香濃了一層。那是極為難得的好天氣，可以說，這是安東尼奧祖母一生中，遇過最好的天氣了。祖母不斷地感謝上帝與聖布麗姬。

聽從了祖母的建議，安東尼奧終於出發。收下了祖母賣掉啤酒換來的幾個銅板，和一些好攜帶的乾起司。這一路都維持著出發時的好天氣，安東尼奧得以用乾燥的草紙，陸陸續續給祖母捎上一些信息。祖母看著那凝鍊而乾爽的墨跡，確信安東尼奧正走在上主的光照之下，將那張信紙小心翼翼地捏著，虔誠地對著石壁上的十字架與聖布麗姬禱告。等你回來，我會再釀一桶啤酒歡迎你的。

不過也是因為連續的好天氣，好得有點過了頭，大地呈現乾涸荒燥的狀態，勃根地河谷崎嶇的溯溪路線耽擱了行程，安東尼奧在失去水源的荒野上，辨不得路，只好在細流即將枯竭的溪水間縱走尋徑，綿軟的褲子濕了又乾乾了又濕。他甚至打翻了一小瓶墨水，靛黑色的細流在絹絲般的溪水中漂蕩，不知道這些信息會被寫在遠方的何處？天上的雲描摹著墨水的心聲，祖母拉開石室的窗簾，便能看見雲朵裡藏著安東尼奧的平安。

安東尼奧口渴了、肚餓了，也才離開上一間修道院不過半天，不得已又找了一間修道院。安東尼奧見到接待他的修道士，便開口稟明，他受了祖母的委託，踏上聖地雅哥的朝聖之路，還以忽布花為奉獻，希望能在修道院中多住幾日，待天氣稍微溫和，再繼續上路。他願意另外多幫修道院做點事情，以為服事。

在門口接待的白袍年輕隱士當然很樂意替他帶路，特別是收下了忽布花之後。安東尼奧跟著年輕隱士走進修道院的教堂內，有很多跟他一樣的旅人，蓬頭垢髮，穿著坑坑補補的衣服，背著一個粗麻布袋子，裡面就是全部家當；儘管如此，那些旅人跪在地上，手扶著木椅，喃喃禱告的樣子，卻潔白得彷彿若有光。

聖座的方向不時有低聲吟唱飄來，雖然只是唱詩班少年的自由練習，從尖塔頂端緩緩飄落的額我略聖歌，短短的幾個音符，就能安撫旅人騷擾的心。年輕隱士向安東尼奧示意，安東尼奧便按著祖母教過的方法，也跪了下來，心緒總還有點雜亂，但他終於可以稍稍在硬實平整的地上歇一會，不用伏臥在那些細瑣石礫或膩黏泥濘的荒郊野地了。

單就這一點，便足以讓安東尼奧福至心靈，宛如受到了拿撒勒人的安慰。

安東尼奧閉著眼，聽見祖母也正在家鄉那方，為他禱告。是祖母，祖母看見了安東尼奧的消息在風中飄著，像一縷墨水在溪流裡那樣清晰可辨。像朵雲上的鷹鳴，如此嘹亮。

或是聖布麗姬降臨。一股淡然的麥穀香氣襲來，甫睜開眼，原來是一位黑袍子的老修道士，正端了一杯冒著濃白氣泡的沉黑飲料，湊在安東尼奧身邊。做為這間修道院相當資深的黑袍老修道士看得出來，安東尼奧的心思根本不在耶穌身上，便把杯子木頭柄的那端，朝向安東尼奧，要他喝一口勃根地河谷的艾爾啤酒。

喝吧。往來的旅人，凡勞苦擔重擔的，可以到我這裡來，我必使你們得到安息。老修道士詠著安東尼奧也背得相當熟稔的經文，可從來沒人想過，那段經文居然也可以跟啤酒有關係。

安東尼奧滿懷感激地接下了他這個月第——已經不知道是第幾杯了，這些啤酒，幾乎都是修道士或短居在修道院裡幫忙的人端給他的。

修道院的隱士風潮，早在安東尼奧的家鄉流行好一陣子了，他認識的一些鄰居，都聽說有人到深山去隱居了。如今走入勃根地的河谷，還有幾天前的洛林山麓，安東尼奧才算是真正見識到這個被稱為熙篤會的修道院系統，是如何耕種自己的食物、釀造自己的酒，乃至於用各種繩結、布料等手工藝品，換取他們需要的雞蛋、牛奶、麵粉。

出於對教會系統日益腐敗的一種對抗心態，修道院卻不想指責教會與貴族如何在政治場域中互通聲氣，對國家資源上下其手；或也不願抨擊他們如何剝削廣大農民的生存利益，讓城鎮的發展變得愈趨緩慢。與其說修道院的隱士們忽視人民的苦難，倒不如說這些隱士們正是一群將目光定睛在神身上的人，他們決定走出一條不再掠奪人民的路，甚至是與農民同一陣線的路。他們決定自給自足，就像每一個克勤克儉的農民一樣。隱士們深信，實際的作為比批評來得有意義，哪個沒罪的就可以丟石子。當人們願意自己生產自己的飲食，懂得珍惜食物，就會更加感恩上主的慈愛賜予，漸漸脫離過多的欲望，那就真正解下勞苦的重擔了。

修道院的隱士們從事符合上主心意的靈修，謝絕金錢直接援助。再來一點啤酒吧，年輕修士說，一杯只要兩枚雞蛋的價格就可以了。老修道士給的那頭一杯，是專門為旅人奉獻的免費啤酒。在用貨幣的社會，可能以為是「買兩枚雞蛋的價錢」，但年輕修士的意思其實是，沒錢的人也可以拿兩枚雞蛋來換酒喝。所有人，一視同仁都可以享用到修道院的啤酒，這是整個熙篤會一致同意的做法。這個辦法維持至今不輟，儘管幣值物價都已然不同，但熙篤系統的修道會秉持著同一個理想，讓啤酒的價格停在中等偏低的位置上，而且每年的產量都是固定的，每人能購買的量也是有限的。熙篤會當然知道有人低價收購修道院的啤酒，在酒市高價售出，他們譴責這樣的行為，但他們不曾停下腳步，沒有酒商被修道院提告過。你們不要論斷人，免得你們被論斷。畢竟跨國爭訟太虛耗人生，修道士寧可將剩餘的時間投入各種農產、畜牧、釀酒等產業，過著自給自足，又能持續幫助到整個社會的清苦歲月。

曠野四十天的禁語默禱，修道士可以用來巡看麥田的抽芽，也驅趕那些貪嘴的雀鴉；也可以撿拾柴薪，或尋找山林之間的野蔬菇蕈，吃用不完的，就帶到鎮上去換麵粉或聖座需要的蠟燭與燃香。人們喜歡和修道士打交道，因為他們總是儲藏著啤酒、葡萄酒、起司、藥膏藥散等物資，除了長征的旅人可以免費得到一小杯酒，或是簡單的外傷護理包紮之外，在鎮上裡過著窮困日子的孩童或老人，也可以向修道院求助，隱士們非常樂意拿出他們僅有的食物，舉辦一場渴求上主憐憫的愛筵。

葡萄與麥子，就是這樣被種入了山林之間，種入河谷之中，種在那遠避塵世的清雅靈地，緩慢而堅定地隨著隱士們的苦修，一日一日茁壯成長。剛擷下的葡萄，隱士們會留取一些做為食用，剩下的就送入桶中搗擠，準備釀成象徵人子之血的聖餐酒。每年都得用去幾個橡木桶的葡萄酒，在葡萄成熟的月分，隱士們為了釀酒閒不下來，往來的旅客或是在地的居民，也會協助投入這場釀酒的盛事中，看是幫忙採葡萄還是踩葡萄。

剛離開洛林，要進入勃根地的時候，安東尼奧投宿的第一間修道院正忙著釀葡萄酒，有些修道院產出的酒還足以支應城市裡的教會，將一車車葡萄酒運出山外。假如當時安東尼奧手裡有一支畫筆，和一點點純熟的畫工，他一定會想辦法把這派農村和隱士同樂共歡的美好畫面記錄下來。安東尼奧打算把這趟朝聖之路的旅程，寫成一篇遊記，包括寄給祖母的信件在內，他希望能讓人記得，曾經有個巴伐利亞青年，帶著他的勇氣與祖母的虔誠，來到聖地雅哥，向上主致獻心意。

安東尼奧喝了勃根地的河谷啤酒，安東尼奧又拿了一點忽布花的種子給老修道士。老修道士收下種子，替安東尼奧與安東尼奧的祖母禱告。老修道士慢慢地聊著他們最近釀啤酒的事情，以前沒有忽布花的時候，他們對釀啤酒其實都是戰戰兢兢的；然而現在已經有忽布花了，但還是有不少人比較喜歡艾爾啤酒。艾爾啤酒上層發酵的氣泡太活躍，只要天氣變得跟最近一樣好，出桶啤酒有時候會酸掉。當然，把忽布花加到艾爾啤酒裡也是可行的。成功的艾爾啤酒跟最近流行加入忽布花、用冷釀的拉格啤酒相比，艾爾有點苦，帶著濃濃豆麥香氣，稍重的口味總是比較容易有飽足感，所以不少地方還是會用艾爾啤酒來補充主食營養。安東尼奧喝上一口修道院的艾爾啤酒，回味起祖母也會為自己釀上一點艾爾啤酒。只要家裡充滿了熬煮麥汁的香氣，就知道祖母要開缸釀酒了。

安東尼奧不會釀酒，但他如果知道自己的子孫，居然也有一天會傳承到祖母的手藝，可以教人家釀啤酒，甚至救起了一整座啤酒工廠，相信安東尼奧一定會洋溢著比微醺還更幸福的笑容，也為他能喝到那杯修道院啤酒感到驕傲。

未來的事情就像眼前的景致一樣，安東尼奧難以想像，老修道士帶他到釀酒的石室，指著那十座釀酒木桶，每桶將近一百升的產量，哪裡是祖母那一小鼎銅鑊麥汁可以比擬的呢？可也就是如此，祖母賣出的啤酒毋需課稅，但修道院出品的啤酒，就有一部分可能會被領主課稅。向教會收稅這種大逆不道的事情，一旦碰上啤酒利益衝突，那就什麼都有可能發生了。領主們當然不敢直接跟修道院說要收取每一瓶啤酒的稅金，領主們訂定了專賣制度和禁釀規則，讓啤酒的飲用正式被法制化。

買忽布花與麥芽有材料稅、釀啤酒必須的鍋爐有鍋爐稅、喝一杯有喝一杯稅。更不用說，要蓋一座合乎法規的石室——起初，人們釀酒並不需要石室，加入這個條件主要是要排除掉沒有石室的一般居民，為了可以將啤酒事業壟斷在某些人手中。

修道院怎麼可能容許這種間接迫使啤酒價格上漲的手段，讓一般人無法喝到受神眷顧的啤酒呢？老修士邊說，邊又喝下了一大口啤酒。他說起幾位主教奮起，為了此事跟領主交涉，雙方決定把釀啤酒拆成兩個部分來看，一種是歸入領主們管轄的釀酒業者，另一種則是修道院自成一格的稅制。安東尼奧的祖母很聰明，她把釀好的啤酒和新鮮的雞蛋，全都送到修道院去，換取藥草或起司，偶爾還有一些金幣，那麼她獻給上主的酒，就不是人間小領主可以管制的商品了。聖布麗姬與她的信徒總是能讓領主伏首稱臣。

安東尼奧的故鄉，更是早在他祖母的祖母之前，就訂定了一條關於釀啤酒的法規。那是世界上第一則針對食物的成文法規：

我們也需要一種特別聯盟
為了各城
各市場
與全國各地
啤酒匱乏
數量多些
而且只能用大麥
忽布花
和水來釀造。

說巴伐利亞人是「精釀啤酒」之始祖也不為過，鄰近國家也參考學習這條法規，針對不同地區的情況，對啤酒下達了法律上的定義解釋。安東尼奧在筆記上寫下這條法律，還有他沿路聽聞過的各種針對啤酒的規制。他的子孫不曉得是否曾在街角書店看到過這本筆記，或許沒有；讓安東尼奧的子孫感到困惑的是，當他登上島嶼後，高砂麥酒會社就被課稅了。

那約莫已經是一九二〇年後半段，安東尼奧的子孫，德國一間專業啤酒工廠的技師，受到高砂麥酒會社釀酒技師唐仁原景俊的邀請，暫時中止了他的訪美計畫，隨著船隊和龐大的釀啤酒機組，遠渡重洋，來到台灣。一小時可以蒸發九千多度的蒸氣氣罐、總容量兩千五百跖的發酵桶，搭著汽笛嗚咽的油輪，從一座火山活躍的小島夏威夷，來到另一座火山暫歇的小島台灣。依舊是超乎安東尼奧的想像，一個沒有啤酒的島嶼國度。

高砂麥酒會社不是憑空出現，是安部幸之助成立了芳釀株式會社後，看到日本國內蓬勃的啤酒市場，才把腦筋動到台灣身上，芳釀出品的清酒「胡蝶蘭」一度逆推廣賣回祖國內地，和月桂冠、菊正宗一起塞進了路地小居酒屋的冰箱裡。高砂麥酒會社先是被課酒造稅，當然那些關於材料、鍋具、工廠等稅金都被集中在酒造稅法中了，可是當時的台灣主要還是喝黃白二酒，還有蔣渭水慧眼獨具的甘泉老紅酒，偶爾跟著日本人的習慣喝喝日本酒。至於西洋人的啤酒，幾乎只見於中上階層的餐席上，一九二二年就推行的專賣制度，高砂麥酒會社販售的啤酒因為不具有收歸專賣的利益，稅金是被課了，專賣制度則是遲至十一年後才得以完備。〈安童哥賣菜〉那句「麥仔酒是欲呷熱天」，已經是安東尼奧子孫努力很久之後的事情了。

安東尼奧的子孫初初來到台灣就覺得情況不太對，但好像安東尼奧那年的聖地之旅一樣，他帶著跟忽布花一樣重要的釀酒技術，不去想那些釀酒以外的瑣碎人事，傾囊相授把所有他知道的啤酒知識，都告訴高砂麥酒會社僱用的日本技師。好像聖布麗姬臨到，牽著安東尼奧與他的祖母，一起遠渡重洋來到台灣，把啤酒的精華流布下來。聖布麗姬的另一個神蹟，就是她有釀之不絕的凱爾特啤酒，可以分給窮苦的人們充飢止渴。

釀酒權或釀酒稅，本來也都不是聖布麗姬所關心的，但安東尼奧深信，現在的她為了要讓人們可以更便利地喝到啤酒，那麼不管是哪個國家政府，想對啤酒背後利益出手，應該都得先過她那關才對。安東尼奧一路旅行，喝過太多啤酒，價格不一、品質參差，可見釀啤酒這件事情真的發生了徹底的質變，安東尼奧也就愈發虔誠地信靠聖布麗姬了，至少祈禱不要喝到太貴或是太難喝的啤酒吧！

偶爾，夜風燠熱，安東尼奧在教堂裡的臥床上，與其他旅人們一起安睡，可是安東尼奧的耳根子一直聽見距離教堂不遠的酒吧，還在彈琴狂歡。受不了了，第二天就佯裝要離開修道院，實際上是去酒吧裡玩個痛快！那時候的啤酒，就是管櫃台的年輕少女端來的。用錫製大杯裝著，白泡沫沾上嘴邊的時候，那個快活！安東尼奧沒敢告訴祖母，他經常這樣倒在酒吧門口迎接白日，因為昨晚已經跟修道士說自己要離開了，隔天只好撐著宿醉頭痛，硬是走到下一個教區，繼續這漸漸讓他感到有點不甘願的旅程。

如今在筆記裡回想這些事情，安東尼奧感謝祖母日日夜夜為他祈禱。喝下了那杯祖母替他歸來而釀的凱旋啤酒，他決定要把祖母釀啤酒的技術學起來，並且尋找當地修道院的幫助，要把祖母的小銅鑊也換成大型釀酒用的銅缸。安東尼奧並不曉得，就是他做的這個決定，終於有一天，讓他許多年後的子孫，也開始學習啤酒的釀造。儘管安東尼奧努力興建起來的釀酒工房早就毀在那場打了七個禮拜的戰爭，或許是聖布麗姬的帶領，安東尼奧和祖母的技術，宛如寫在雲端上的那些墨漬，祖傳的酒譜祕方，偶然間印上後代子孫的心底。當然，還包括他們始終秉持著，從修道院學來的寬大與慈愛。

安東尼奧若是看著他子孫無私的奉獻，以及將在這座島上綿延流傳下去的台灣啤酒，那些年的辛苦困頓，還有漫長的朝聖之旅，都會是最有價值的傳家寶。安東尼奧始終記得祖母的叮嚀，還有聖地雅哥的風景。那本來都是安東尼奧一個人才知道的小祕密，如今就隨著白色忽布花綻滿遠東的小島。當每一個台灣人湊在桌邊，高舉著玻璃酒杯大喊乾杯的時候，安東尼奧也會跟著一起舉起他的錫杯歡呼。

土裡的私釀

國家圖書館出版品預行編目（CIP）資料

土裡的私釀／侯力元作．-- 初版．-- 臺北市：九歌，2019.02
面；　公分．
ISBN 978-986-450-228-8（平裝）

855　　　　107023687

作　　者——侯力元
責任編輯——林　瑞
創 辦 人——蔡文甫
發 行 人——蔡澤玉
出　　版——九歌出版社有限公司
台北市 105 八德路 3 段 12 巷 57 弄 40 號
電話／02-25776564・傳真／02-25789205
郵政畫撥／0112295-1

九歌文學網　www.chiuko.com.tw

印　　刷——晨捷印製股份有限公司
法律顧問——龍躍天律師・蕭雄淋律師・董安丹律師
初　　版——2019 年 02 月
定　　價——300 元
書　　號——F1304
I S B N——978-986-450-228-8（平裝）

本書榮獲 國家文化藝術基金會 National Culture and Arts Foundation NCAF 文學類創作補助